AF235581

Stefan Zweig

Der Amokläufer

Stefan Zweig

Der Amokläufer

schattenlos

Erstausgabe: Stefan Zweig: Der Amokläufer. Leipzig. 1922.

Neuausgabe: 2018 schattenlos Verlag, Martigny

ISBN: 9783752816587

Textbearbeitung: schattenlos Verlag, Martigny
Umschlaggestaltung: schattenlos Verlag, Martigny
Herstellung und Verlag: BoD – Books on Demand, Norderstedt

Bibliografische Information der Deutschen Nationalbibliothek

Die Deutsche Nationalbibliothek verzeichnet diese Publikation in
der Deutschen Nationalbibliografie; detaillierte bibliografische Daten
sind im Internet über http://dnb.d-nb.de abrufbar.

Im März des Jahres 1912 ereignete sich im Hafen von Neapel bei dem Ausladen eines großen Überseedampfers ein merkwürdiger Unfall, über den die Zeitungen umfangreiche, aber sehr phantastisch ausgeschmückte Berichte brachten. Obzwar Passagier der »Oceania«, war es mir ebensowenig wie den andern möglich, Zeuge jenes seltsamen Vorfalles zu sein, weil er sich zur Nachtzeit während des Kohlenladens und der Löschung der Fracht abspielte, wir aber, um dem Lärm zu entgehen, alle an Land gegangen waren und dort in Kaffeehäusern oder Theatern die Zeit verbrachten. Immerhin meine ich persönlich, daß manche Vermutungen, die ich damals nicht öffentlich äußerte, die wirkliche Aufklärung jener erregenden Szene in sich tragen, und die Ferne der Jahre erlaubt mir wohl das Vertrauen eines Gespräches zu nutzen, das jener seltsamen Episode unmittelbar vorausging.

*

Als ich in der Schiffsagentur von Kalkutta einen Platz für die Rückreise nach Europa auf der »Oceania« bestellen wollte, zuckte der Clerk bedauernd die Schultern. Er wisse noch nicht, ob es möglich sei, mir eine Kabine zu sichern, das Schiff wäre jetzt knapp vor dem Einbruch der Regenzeit immer schon von Australien her ausverkauft, er müsse erst das Telegramm von Singapore abwarten. Am nächsten Tage teilte er mir erfreulicherweise mit, er könne mir noch einen Platz vormerken, freilich sei es nur eine wenig komfortable Kabine unter Deck und in der Mitte des Schiffes. Ich war schon ungeduldig heimzukehren: so zögerte ich nicht lange und ließ mir den Platz zuschreiben.

Der Clerk hatte mich richtig informiert. Das Schiff war überfüllt und die Kabine schlecht, ein kleiner, gepreßter, rechteckiger Winkel in der Nähe der Dampfmaschine, einzig vom trüben Blick der kreisrunden Glasscheibe erhellt. Die stockende, verdickte Luft roch nach Öl und Moder: nicht für einen Augenblick konnte man dem elektrischen Ventilator entgehen, der wie eine toll gewordene stählerne Fledermaus einem surrend über der Stirne kreise. Von unten her ratterte und stöhnte, wie ein Kohlenträger, der unablässig dieselbe Treppe hinaufkeucht, die Maschine, von oben hörte man unaufhörlich das schlurfende Hin und Her der Schritte vom Promenadendeck. So flüchtete ich, kaum daß ich den Koffer in das muffige Grab aus grauen Traversen verstaut hatte, wieder zurück auf Deck, und wie Ambra trank ich, aufsteigend aus der Tiefe, den süßlichen weichen Wind, der vom Lande her über die Wellen wehte.

Aber auch das Promenadendeck war voll Enge und Unruhe: es flatterte und flirrte von Menschen, die mit der flackernden Nervosität eingesperrter

Untätigkeit unausgesetzt plaudernd auf und nieder gingen. Das zwitschernde Geschäker der Frauen, das rastlos kreisende Wandern auf dem Engpaß des Decks, wo vor den Stühlen der Schwarm in schwatzhafter Unruhe vorbeiwogte, um sich unablässig zu begegnen, tat mir irgendwie weh. Ich hatte eine neue Welt gesehen, rasch ineinanderstürzende Bilder in rasender Jagd in mich eingetrunken. Nun wollte ich mirs übersinnen, zerteilen, ordnen, nachbildend das heiß in den Blick Gedrängte gestalten, aber hier auf dem gedrängten Boulevard gab es nicht eine Minute Ruhe und Rast. Die Zeilen in einem Buch zerrannen vor den flüchtigen Schatten der Vorüberplaudernden. Es war unmöglich, mit sich selbst auf dieser schattenlosen wandernden Schiffsgasse allein zu sein.

Drei Tage lang versuchte ichs, sah resigniert auf die Menschen, auf das Meer, aber das Meer blieb immer dasselbe, blau und leer, nur im Sonnenuntergang plötzlich mit allen Farben jäh übergossen. Und die Menschen, sie kannte ich auswendig nach dreimal vierundzwanzig Stunden. Jedes Gesicht war mir vertraut bis zum Überdruß, das scharfe Lachen der Frauen reizte, das polternde Streiten zweier nachbarlicher holländischer Offiziere ärgerte nicht mehr. So blieb nur Flucht: aber die Kabine war heiß und dunstig, im Salon produzierten unablässig englische Mädchen ihr schlechtes Klavierspiel bei abgehackten Walzern. Schließlich drehte ich entschlossen die Zeitordnung um, tauchte in die Kabine schon nachmittags hinab, nachdem ich mich zuvor mit ein paar Gläsern Bier betäubt, um das Souper und den Tanzabend zu überschlafen.

Als ich aufwachte, war es ganz dunkel und dumpf in dem kleinen Sarg der Kabine. Den Ventilator hatte ich abgestellt, so schwälte die Luft fettig und feucht an die Schläfen. Meine Sinne waren irgendwie betäubt: ich brauchte Minuten, um mich an Zeit und Ort zurückzufinden. Mitternacht mußte jedenfalls schon vorbei sein, denn ich hörte weder Musik noch den rastlosen Schlurf der Schritte: nur die Maschine, das atmende Herz des Leviathans, stieß keuchend den knisternden Leib des Schiffes fort ins Unsichtbare.

Ich tastete empor auf Deck. Es war leer. Und wie ich den Blick aufhob über den dünstenden Turm des Schornsteins und die geisterhaft glänzenden Spieren, drang mit einmal magische Helle mir in die Augen. Der Himmel strahlte. Er war dunkel gegen die Sterne, die ihn weiß durchwirbelten, aber doch: er strahlte; es war, als verhüllte dort ein samtener Vorhang ungeheures Licht, als wären die sprühenden Sterne nur Luken und Ritzen, durch die jenes unbeschreiblich Helle vorglänzte. Nie hatte ich den Himmel gesehen wie in jener Nacht, so strahlend, so stahlblau hart und doch funkelnd, triefend, rauschend, quellend von Licht, das vom Mond verhangen niederschwoll und von den Sternen und das irgendwie aus einem geheimnisvollen Innen zu brennen schien. Weißer Lack, flimmerten im Monde alle Randlinien des Schiffes grell gegen das samtdunkle Meer, die Taue, die Rahen, alles Schmale, alle Konturen waren aufgelöst in diesem flutenden Glanz: gleichsam im Leeren schienen die Lichter auf den Masten und darüber das runde Auge des Ausgucks zu hängen, irdische gelbe Sterne zwischen den strahlenden des Himmels.

Gerade aber zu Häupten stand mir das magische Sternbild, das Südkreuz, mit flimmernden diamantenen Nägeln ins Unsichtbare gehämmert, schwebend scheinbar, indes nur das Schiff Bewegung schuf, das leise bebend sich mit atmender Brust nieder und auf, nieder und auf, ein gigantischer Schwimmer, durch die dunklen Wogen stieß. Ich stand und sah empor: mir war wie in einem Bade, wo Wasser warm von oben fällt, nur daß dies Licht war, das mir weiß und auch lau die Hände überspülte, die Schultern, das Haupt mild umgoß und irgendwie nach innen zu dringen schien, denn alles Dumpfe in mir war plötzlich aufgehellt. Ich atmete befreit, rein, und jäh beseligt spürte ich auf den Lippen wie ein klares Getränk die Luft, die weiche, gegorene, leicht trunken machende Luft, in der Atem von Früchten, Duft von fernen Inseln war. Nun, nun zum ersten Male, seit ich die Planken betreten, überkam mich die heilige Lust des Träumens, und jene andere sinnlichere, meinen Körper weibisch hinzugeben an dieses Weiche, das mich umdrängte. Ich wollte mich hinlegen, den Blick hinauf zu den weißen Hieroglyphen. Aber die Ruhesessel, die Deckchairs waren verräumt, nirgends fand sich auf dem leeren Promenadendeck ein Platz zu träumerischer Rast. So tastete ich weiter, allmählich dem Vorderteil des Schiffes zu, ganz geblendet vom Licht, das immer heftiger aus den Gegenständen auf mich zu dringen schien. Fast tat es schon weh, dies kalkweiße, grell brennende Sternenlicht, ich aber hatte Verlangen, mich irgendwo im Schatten zu vergraben, hingestreckt auf eine Matte, den Glanz nicht an mir zu fühlen, sondern nur über mir, an den Dingen gespiegelt, so wie man eine Landschaft sieht aus verdunkeltem Zimmer. Endlich kam ich, über Taue stolpernd und vorbei an den eisernen Gewinden bis an den Kiel und sah hinab, wie der Bug in das Schwarze stieß und geschmolzenes Mondlicht schäumend zu beiden Seiten der Schneide aussprühte. Immer wieder hob, immer wieder senkte sich der Pflug in die schwarzflutende Scholle, und ich fühlte alle Qual des besiegten Elements, fühlte alle Lust der irdischen Kraft in diesem funkelnden Spiel. Und im Schauen verlor ich die Zeit. War es eine Stunde, daß ich so stand, oder waren es nur Minuten: im Auf und Nieder schaukelte mich die ungeheure Wiege des Schiffes über die Zeit hinaus. Ich fühlte nur, daß in mich Müdigkeit [über]kam, die wie eine Wollust war. Ich wollte schlafen, träumen und doch nicht weg aus dieser Magie, nicht hinab in meinen Sarg. Unwillkürlich ertastete ich mit meinem Fuß unter mir ein Bündel Taue. Ich setzte mich hin, die Augen geschlossen und doch nicht Dunkels voll, denn über sie, über mich strömte der silberne Glanz. Unten fühlte ich die Wasser leise rauschen, über mir mit unhörbarem Klang den weißen Strom dieser Welt. Und allmählich schwoll dies Rauschen mir ins Blut: ich fühlte mich selbst nicht mehr, wußte nicht, ob dies Atmen mein eigenes war oder des Schiffes fernpochendes Herz, ich strömte, verströmte in diesem ruhelosen Rauschen der mitternächtigen Welt.

*

Ein leises, trockenes Husten hart neben mir ließ mich auffahren. Ich schrak aus meiner fast schon trunkenen Träumerei. Meine Augen, geblendet vom weißen Geleucht über den bislang geschlossenen Lidern, tasteten auf: mir knapp gegenüber im Schatten der Bordwand glänzte etwas wie der Reflex einer Brille, und jetzt glühte ein dicker, runder Funke auf, die Glut einer Pfeife. Ich hatte, als ich mich hinsetzte, einzig niederbückend in die schaumige Bugschneide und empor zum Südkreuz, offenbar diesen Nachbarn nicht bemerkt, der regungslos hier die ganze Zeit gesessen haben mußte. Unwillkürlich, noch dumpf in den Sinnen, sagte ich auf deutsch: »Verzeihung!« »Oh, bitte ...« antwortete die Stimme deutsch aus dem Dunkel.

Ich kann nicht sagen, wie seltsam und schaurig das war, dies stumme Nebeneinandersitzen im Dunkeln knapp neben einem, den man nicht sah. Unwillkürlich hatte ich das Gefühl, als starre dieser Mensch auf mich genau wie ich auf ihn starrte: aber so stark war das Licht über uns, das weißflimmernd flutende, daß keiner von keinem mehr sehen konnte als den Umriß im Schatten. Nur den Atem meinte ich zu hören und das fauchende Saugen an der Pfeife.

Das Schweigen war unerträglich. Ich wäre am liebsten weggegangen, aber das schien doch zu brüsk, zu plötzlich. Aus Verlegenheit nahm ich mir eine Zigarette heraus. Das Zündholz zischte auf, eine Sekunde lang zuckte Licht über den engen Raum. Ich sah hinter Brillengläsern ein fremdes Gesicht, das ich nie an Bord gesehen, bei keiner Mahlzeit, bei keinem Gang, und sei es, daß die plötzliche Flamme den Augen wehtat oder war es eine Halluzination: es schien grauenhaft verzerrt, finster und koboldhaft. Aber ehe ich Einzelheiten deutlich wahrnahm, schluckte das Dunkel wieder die flüchtig erhellten Linien fort, nur den Umriß sah ich einer Gestalt, dunkel ins Dunkel gedrückt und manchmal den kreisrunden roten Feuerring der Pfeife im Leeren. Keiner sprach, und dies Schweigen war schwül und drückend wie die tropische Luft.

Endlich ertrug ichs nicht mehr. Ich stand auf und sagte höflich »Gute Nacht«.

»Gute Nacht«, antwortete es aus dem Dunkel, eine heisere, harte, eingerostete Stimme.

Ich stolperte mich mühsam vorwärts durch das Takelwerk an den Pfosten vorbei. Da klang ein Schritt hinter mir her, hastig und unsicher. Es war der Nachbar von vordem. Unwillkürlich blieb ich stehen. Er kam nicht ganz nah heran, durch das Dunkel fühlte ich ein Irgendetwas von Angst und Bedrücktheit in der Art seines Schrittes. »Verzeihen Sie,« sagte er dann hastig, »wenn ich eine Bitte an Sie richte. Ich ... ich – er stotterte und konnte nicht gleich weitersprechen vor Verlegenheit – »ich ... ich habe private ... ganz private Gründe, mich hier zurückzuziehen ... ein Trauerfall ... ich meide die Gesellschaft an Bord ... Ich meine nicht Sie ... nein, nein ... Ich möchte nur bitten ... Sie würden mich sehr verpflichten, wenn Sie zu niemandem an Bord davon sprechen würden, daß Sie mich hier gesehen haben ... Es sind ... sozusagen private Gründe, die mich jetzt hindern unter die Leute zu gehen ... ja ... nun ... es wäre mir peinlich, wenn Sie davon Erwähnung täten, daß jemand hier nachts ... daß ich ...« Das Wort blieb ihm wieder stecken. Ich beseitigte rasch seine Verwirrung, indem ich ihm eiligst zusicherte, seinen Wunsch zu erfüllen. Wir reichten einander die Hände. Dann ging ich in meine Kabine zurück und schlief einen dumpfen, merkwürdig verwühlten und von Bildern verwirrten Schlaf.

*

Ich hielt mein Versprechen und erzählte niemandem an Bord von der seltsamen Begegnung, obzwar die Versuchung keine geringe war. Denn auf einer Seereise wird das Kleinste zum Geschehnis, ein Segel am Horizont, ein Delphin, der aufspringt, ein neuentdeckter Flirt, ein flüchtiger Scherz. Dabei quälte mich die Neugier, mehr von diesem ungewöhnlichen Passagier zu wissen: ich durchforschte die Schiffsliste nach einem Namen, der ihm zugehören konnte, ich musterte die Leute, ob sie zu ihm in Beziehung stehen könnten: den ganzen Tag bemächtigte sich meiner eine nervöse Ungeduld, und ich wartete eigentlich nur auf den Abend, ob ich ihm wieder begegnen würde. Rätselhafte psychologische Dinge haben über mich eine geradezu beunruhigende Macht, es reizt mich bis ins Blut, Zusammenhänge aufzuspüren, und sonderbare Menschen können mich durch ihre bloße Gegenwart zu einer Leidenschaft des Erkennenwollens entzünden, die nicht viel geringer ist als jene des Besitzenwollens bei einer Frau. Der Tag wurde mir lang und zerbröckelte leer zwischen den Fingern. Ich legte mich früh ins Bett: ich wußte, ich würde um Mitternacht aufwachen, es würde mich erwecken.

Und wirklich: ich erwachte um die gleiche Stunde wie gestern. Auf dem Radiumzifferblatt der Uhr deckten sich die beiden Zeiger in einem leuchtenden Strich. Hastig stieg ich aus der schwülen Kabine in die noch schwülere Nacht.

Die Sterne strahlten wie gestern und schütteten ein diffuses Licht über das zitternde Schiff, hoch oben flammte das Kreuz des Südens. Alles war wie gestern – in den Tropen sind die Tage, die Nächte zwillingshafter als in unseren Sphären – nur in mir war nicht dies weiche, flutende, träumerische Gewiegtsein wie gestern. Irgend etwas zog mich, verwirrte mich, und ich wußte, wohin es mich zog: hin zu dem schwarzen Gewind am Kiel, ob er wieder dort starr sitze, der Geheimnisvolle. Von oben her schlug die Schiffsglocke. Dies riß mich fort. Schritt für Schritt, widerwillig und doch gezogen, gab ich mir nach. Noch war ich nicht am Steven, da zuckte plötzlich dort etwas auf wie ein rotes Auge: die Pfeife. Er saß also dort.

Unwillkürlich schreckte ich zurück und blieb stehen. Im nächsten Augenblick wäre ich gegangen. Da regte es sich drüben im Dunkel, etwas stand auf, tat zwei Schritte, und plötzlich hörte ich knapp vor mir seine Stimme, höflich und gedrückt.

»Verzeihen Sie,« sagte er, »Sie wollen offenbar wieder an Ihren Platz, und ich habe das Gefühl, Sie flüchteten zurück, als Sie mich sahen. Bitte, setzen Sie sich nur hin, ich gehe schon wieder.«

Ich eilte, ihm meinerseits zu sagen, daß er nur bleiben solle, ich sei bloß zurückgetreten, um ihn nicht zu stören. »Mich stören Sie nicht,« sagte er mit einer gewissen Bitterkeit, »im Gegenteil, ich bin froh, einmal nicht allein zu sein. Seit zehn Tagen habe ich kein Wort gesprochen ... eigentlich seit Jahren nicht ... und da geht es so schwer, eben vielleicht weil man schon erstickt daran, alles in sich hineinzuwürgen ... Ich kann nicht mehr in der Kabine sitzen, in diesem ... diesem Sarg ... ich kann nicht mehr ... und die Menschen ertrage ich wieder nicht, weil sie den ganzen Tag lachen ... Das kann ich nicht ertragen jetzt ... ich höre es hinein bis in die Kabine und stopfe mir die Ohren zu ... freilich, sie wissen ja nicht, daß ... nun sie wissens eben nicht, und dann, was geht das die Fremden an ...«

Er stockte wieder. Und sagte dann ganz plötzlich und hastig: »Aber ich will Sie nicht belästigen ... verzeihen Sie meine Geschwätzigkeit.«

Er verbeugte sich und wollte fort. Aber ich widersprach ihm dringlich. »Sie belästigen mich durchaus nicht. Auch ich bin froh, hier ein paar stille Worte zu haben ... Nehmen Sie eine Zigarette?«

Er nahm eine. Ich zündete an. Wieder riß sich das Gesicht flackernd vom schwarzen Bordrand los, aber jetzt voll mir zugewandt: die Augen hinter der Brille forschten in mein Gesicht, gierig und mit einer irren Gewalt. Ein Grauen überlief mich. Ich spürte, daß dieser Mensch sprechen wollte, sprechen mußte. Und ich wußte, daß ich schweigen müsse, um ihm zu helfen.

Wir setzten uns wieder. Er hatte einen zweiten Deckchair dort, den er mir anbot. Unsere Zigaretten funkelten, und an der Art, wie der Lichtring der seinen unruhig im Dunkel zitterte, sah ich, daß seine Hand bebte. Aber ich schwieg, und er schwieg. Dann fragte plötzlich seine Stimme leise:

»Sind Sie sehr müde?«

»Nein, durchaus nicht.«

Die Stimme aus dem Dunkel zögerte wieder. »Ich möchte Sie gerne um etwas fragen ... das heißt, ich möchte Ihnen etwas erzählen. Ich weiß, ich weiß genau, wie absurd das ist, mich an den ersten zu wenden, der mir begegnet, aber ... ich bin ... ich bin in einer furchtbaren psychischen Verfassung ... ich bin an einem Punkt, wo ich unbedingt mit jemandem sprechen muß ... ich gehe sonst zugrunde ... Sie werden das schon verstehen, wenn ich ... ja, wenn ich Ihnen eben erzähle ... Ich weiß, daß Sie mir nicht werden helfen können ... aber ich bin irgendwie krank von diesem Schweigen ... und ein Kranker ist immer lächerlich für die andern ...«

Ich unterbrach ihn und bat ihn, sich doch nicht zu quälen. Er möge mir nur erzählen ... ich könne ihm natürlich nichts versprechen, aber man habe doch die Pflicht, seine Bereitwilligkeit anzubieten. Wenn man jemanden in einer Bedrängnis sehe, da ergebe sich doch natürlich die Pflicht zu helfen ...

»Die Pflicht ... seine Bereitwilligkeit anzubieten ... die Pflicht, den Versuch zu machen ... Sie meinen also auch, Sie auch, man habe die Pflicht ... die Pflicht, seine Bereitwilligkeit anzubieten.«

Dreimal wiederholte er den Satz. Mir graute vor dieser stumpfen, verbissenen Art des Wiederholens. War dieser Mensch wahnsinnig? War er betrunken?

Aber als ob ich die Vermutung laut mit den Lippen ausgesprochen hätte, sagte er plötzlich mit einer ganz andern Stimme: »Sie werden mich vielleicht für irr halten oder für betrunken. Nein, das bin ich nicht noch nicht. Nur das Wort, das Sie sagten, hat mich so merkwürdig berührt ... so

11

merkwürdig, weil es gerade das ist, was mich jetzt quält, nämlich ob man die Pflicht hat ... die Pflicht ...«

Er begann wieder zu stottern. Dann brach er kurz ab und begann mit einem neuen Ruck.

»Ich bin nämlich Arzt. Und da gibt es oft solche Fälle, solche verhängnisvolle ... ja, sagen wir Grenzfälle, wo man nicht weiß, ob man die Pflicht hat ... nämlich, es gibt ja nicht nur eine Pflicht, die gegen den andern, sondern eine für sich selbst und eine für den Staat und eine für die Wissenschaft ... Man soll helfen, natürlich, dazu ist man doch da ... aber solche Maximen sind immer nur theoretisch ... Wie weit soll man denn helfen? ... Da sind Sie, ein fremder Mensch, und ich bin Ihnen fremd, und ich bitte Sie, zu schweigen darüber, daß Sie mich gesehen haben ... gut, Sie schweigen, Sie erfüllen diese Pflicht ... Ich bitte Sie, mit mir zu sprechen, weil ich krepiere an meinem Schweigen ... Sie sind bereit, mir zuzuhören ... gut ... Aber das ist ja leicht ... Wenn ich Sie aber bitten würde, mich zu packen und über Bord zu werfen ... da hört sich doch die Gefälligkeit, die Hilfsbereitschaft auf. Irgendwo endets doch ... dort, wo man anfängt mit seinem eigenen Leben, seiner eigenen Verantwortung ... irgendwo muß es doch enden ... irgendwo muß diese Pflicht doch aufhören ... Oder vielleicht soll sie gerade beim Arzt nicht aufhören dürfen? Muß der ein Heiland, ein Allerweltshelfer sein, bloß weil er ein Diplom mit lateinischen Worten hat, muß der wirklich sein Leben hinwerfen und sich Wasser ins Blut schütten, wenn irgendeine ... irgendeiner kommt und will, daß er edel sei, hilfreich und gut? Ja, irgendwo hört die Pflicht auf ... dort, wo man nicht mehr kann, gerade dort ...« Er hielt wieder inne und riß sich auf.

»Verzeihen Sie ... ich rede gleich so erregt ... aber ich bin nicht betrunken ... noch nicht betrunken ... auch das kommt jetzt oft bei mir vor, ich gestehe es Ihnen ruhig ein, in dieser höllischen Einsamkeit ... Bedenken Sie, ich habe sieben Jahre nur fast zwischen Eingeborenen und Tieren gelebt ... da verlernt man das ruhige Reden. Wenn man sich dann auftut, flutets gleich über ... Aber warten Sie ... ja, ich weiß schon ... ich wollte Sie fragen, wollte Ihnen so einen Fall vorlegen, ob man die Pflicht habe zu helfen ... so ganz engelhaft rein zu helfen, ob man ... Übrigens ich fürchte, es wird lang werden. Sind Sie wirklich nicht müde?«

»Nein, durchaus nicht.«

»Ich ... ich danke Ihnen ... Nehmen Sie nicht?«

Er hatte irgendwo hinter sich ins Dunkel getappt. Etwas klirrte gegeneinander, zwei, drei, jedenfalls mehrere Flaschen, die er neben sich gestellt. Er bot mir ein Glas Whisky, an dem ich flüchtig nippte, während er mit einem Ruck das seine hinabgoß. Einen Augenblick stand Schweigen zwischen uns. Da schlug die Glocke: halb eins.

*

»Also ... ich möchte Ihnen einen Fall erzählen. Nehmen Sie an, ein Arzt in einer ... einer kleineren Stadt ... oder eigentlich am Lande ... ein Arzt, der ... ein Arzt, der ...«

Er stockte wieder. Dann riß er sich plötzlich den Sessel heran zu mir.

»So geht es nicht. Ich muß Ihnen alles direkt erzählen, von Anfang an, sonst verstehen Sie es nicht ... Das, das läßt sich nicht als Exempel, als Theorie entwickeln ... ich muß Ihnen meinen Fall erzählen. Da gibt es keine Scham, kein Verstecken ... vor mir ziehen sich auch die Leute nackt aus und zeigen mir ihren Grind, ihren Harn und ihre Exkremente ... wenn man geholfen haben will, darf man nicht Herumreden und nichts verschweigen ... Also ich werde Ihnen keinen Fall erzählen von einem sagenhaften Arzt ... ich ziehe mich nackt aus und sage: ich ... das Schämen habe ich verlernt in dieser dreckigen Einsamkeit, in diesem verfluchten Land, das einem die Seele ausfrißt und das Mark aus den Lenden saugt.«

Ich mußte irgendeine Bewegung gemacht haben, denn er unterbrach sich.

»Ach, Sie protestieren ... ich verstehe, Sie sind begeistert von Indien, von den Tempeln und den Palmenbäumen, von der ganzen Romantik einer Zweimonatsreise. Ja, so sind sie zauberhaft, die Tropen, wenn man sie in der Eisenbahn, im Auto, in der Rikscha durchstreift: ich habe das auch nicht anders gefühlt, als ich zum erstenmal herüber kam vor sieben Jahren. Was träumte ich da nicht alles, die Sprachen wollte ich lernen und die heiligen Bücher im Urtext lesen, die Krankheiten studieren, wissenschaftlich arbeiten, die Psyche der Eingeborenen ergründen – so sagt man ja im europäischen Jargon – ein Missionar der Menschlichkeit, der Zivilisation werden. Alle, die kommen, träumen denselben Traum. Aber in diesem unsichtbaren Glashaus dort geht einem die Kraft aus, das Fieber – man kriegts ja doch, mag man noch so viel Chinin in sich fressen – greift einem ans Mark, man wird schlapp und faul, wird weich, eine Qualle. Irgendwie ist man als Europäer von seinem wahren Wesen abgeschnitten, wenn man aus den großen Städten weg in so eine verfluchte Sumpfstation kommt: auf kurz oder lang hat jeder seinen Knax weg, die einen saufen, die andern rauchen Opium, die dritten prügeln und werden Bestien – irgendeinen Schuß Narrheit kriegt jeder ab. Man sehnt sich nach Europa, träumt davon, wieder einen Tag auf einer Straße zu gehen, in einem hellen steinernen

Zimmer unter weißen Menschen zu sitzen, Jahr um Jahr träumt man davon, und kommt dann die Zeit, wo man Urlaub hätte, so ist man schon zu träge, um zu gehen. Man weiß, drüben ist man vergessen, fremd, eine Muschel in diesem Meer, auf die jeder tritt. So bleibt man und versumpft und verkommt in diesen heißen, nassen Wäldern. Es war ein verfluchter Tag, an dem ich mich in dieses Drecknest verkauft habe ...

Übrigens: ganz so freiwillig war das ja auch nicht. Ich hatte in Deutschland studiert, war recte Mediziner geworden, ein guter Arzt sogar mit einer Anstellung an der Leipziger Klinik; irgendwo in einem verschollenen Jahrgang der Medizinischen Blätter haben sie damals viel Aufhebens gemacht von einer neuen Injektion, die ich als erster praktiziert hatte. Da kam eine Weibergeschichte, eine Person, die ich im Krankenhaus kennen lernte: sie hatte ihren Geliebten so toll gemacht, daß er sie mit dem Revolver anschoß, und bald war ich ebenso toll wie er. Sie hatte eine Art, hochmütig und kalt zu sein, die mich rasend machte – mich hatten immer schon Frauen in der Faust, die herrisch und frech waren, aber diese bog mich zusammen, daß mir die Knochen brachen. Ich tat, was sie wollte, ich – nun, warum soll ichs nicht sagen, es sind acht Jahre her – ich tat für sie einen Griff in die Spitalskasse, und als die Sache aufflog, war der Teufel los. Ein Onkel deckte noch den Abgang, aber mit der Karriere war es vorbei. Damals hörte ich gerade, die holländische Regierung werbe Ärzte an für die Kolonien und biete ein Handgeld. Nun, ich dachte gleich, es müßte ein sauberes Ding sein, für das man Handgeld biete, ich wußte, daß die Grabkreuze auf diesen Fieberplantagen dreimal so schnell wachsen als bei uns, aber wenn man jung ist, glaubt man, das Fieber und der Tod springt immer nur auf die andern. Nun, ich hatte da nicht viel Wahl, ich fuhr nach Rotterdam, verschrieb mich auf zehn Jahre, bekam ein ganz nettes Bündel Banknoten, die Hälfte schickte ich nach Hause an den Onkel, die andere Hälfte jagte mir eine Person dort im Hafenviertel ab, die alles von mir herauskriegte, nur weil sie jener verfluchten Katze so ähnlich war. Ohne Geld, ohne Uhr, ohne Illusionen bin ich dann abgesegelt von Europa und war nicht sonderlich traurig, als wir aus dem Hafen steuerten. Und dann saß ich so auf Deck wie Sie, wie alle saßen und sah das Südkreuz und die Palmen, das Herz ging mir auf – ah, Wälder, Einsamkeit, Stille, träumte ich! Nun – an Einsamkeit bekam ich gerade genug. Man setzte mich nicht nach Batavia oder Surabaya, in eine Stadt, wo es Menschen gibt und Klubs und Golf und Bücher und Zeitungen, sondern – nun der Name tut ja nichts zur Sache – in irgendeine der Distriktstationen, zwei Tagereisen von der nächsten Stadt. Ein paar langweilige, verdorrte Beamte, ein paar Halfcast, das war meine ganze Gesellschaft, sonst weit und breit nur Wald, Plantagen, Dickicht und Sumpf.

Im Anfang wars noch erträglich. Ich trieb allerhand Studien; einmal, als der Vizeresident auf der Inspektionsreise mit dem Automobil umgeworfen und sich ein Bein zerschmettert hatte, machte ich ohne Gehilfen eine Operation, über die viel geredet wurde, ich sammelte Gifte und Waffen der Eingeborenen, ich beschäftigte mich mit hundert kleinen Dingen, um mich wach zu halten. Aber all dies ging nur, solang die Kraft von Europa her in mir noch funktionierte: dann trocknete ich ein. Die paar Europäer langweilten mich, ich brach den Verkehr ab, trank und träumte in mich hinein. Ich hatte ja nur noch zwei Jahre, dann war ich frei mit Pension, konnte nach Europa zurückkehren, noch einmal ein Leben anfangen. Eigentlich tat ich nichts mehr als warten, stilliegen und warten. Und so säße ich heute noch, wenn nicht sie ... wenn das nicht gekommen wäre.«

*

Die Stimme im Dunkeln hielt inne. Auch die Pfeife glimmte nicht mehr. So still war es, daß ich mit einem Male wieder das Wasser hörte, das sich schäumend am Kiel brach, und den fernen, dumpfen Herzstoß der Maschine. Ich hätte mir gern eine Zigarette angezündet, aber ich hatte Furcht vor dem grellen Aufschlag des Zündholzes und dem Reflex in seinem Gesicht. Er schwieg und schwieg. Ich wußte nicht, ob er zu Ende sei, ob er duselte, ob er schlief, so tot war sein Schweigen. Da schlug die Schiffsglocke einen geraden, kräftigen Schlag: ein Uhr. Er fuhr auf: ich hörte wieder das Glas klingen. Offenbar tastete die Hand suchend zum Whisky hinab. Ein Schluck gluckste leise – dann plötzlich begann die Stimme wieder, aber jetzt gleichsam gespannter, leidenschaftlicher.

»Ja also ... warten Sie ... ja also, das war so. Ich sitze da droben in meinem verfluchten Nest, sitze wie die Spinne im Netz regungslos seit Monaten schon. Es war gerade nach der Regenzeit, Wochen und Wochen hatte es auf das Dach geplätschert, kein Mensch war gekommen, kein Europäer, täglich, täglich hatte ich dagesessen mit meinen gelben Weibern im Haus und meinem guten Whisky. Ich war damals gerade ganz »down«, ganz europakrank: wenn ich irgendeinen Roman las von hellen Straßen und weißen Frauen, begannen mir die Finger zu zittern. Ich kann Ihnen den Zustand nicht ganz schildern, es ist eine Art Tropenkrankheit, eine wütige, fiebrige und doch kraftlose Nostalgie, die einen manchmal packt. So saß ich damals, ich glaube über einem Atlas, und träumte mir Reisen aus. Da klopft es aufgeregt an die Tür, der Boy steht draußen und eines von den

15

Weibern, beide haben die Augen ganz aufgerissen vor Erstaunen. Sie machen große Gebärden: eine Dame sei hier, eine Lady, eine weiße Frau.

Ich fahre auf. Ich habe keinen Wagen kommen gehört, kein Automobil. Eine weiße Frau hier in dieser Wildnis?

Ich will die Treppe hinab, reiße mich aber noch zurück. Ein Blick in den Spiegel, hastig richte ich mich ein wenig zurecht. Ich bin nervös, unruhig, irgendwie gequält von unangenehmem Vorgefühl, denn ich weiß niemanden auf der Welt, der aus Freundschaft zu mir käme. Endlich gehe ich hinunter.

Im Vorraum wartet die Dame und kommt mir hastig entgegen. Ein dicker Automobilschleier verhüllt ihr Gesicht. Ich will sie begrüßen, aber sie fängt mir rasch das Wort ab. »Guten Tag, Doktor«, sagte sie auf englisch in einer fließenden (etwas zu leicht fließenden und wie im voraus eingelernten) Art. »Verzeihen Sie, daß ich Sie überfalle. Aber wir waren gerade in der Station, unser Auto hält drüben« – warum fährt sie nicht bis vors Haus, schießt es mir blitzschnell durch den Kopf – »da erinnerte ich mich, daß Sie hier wohnen. Ich habe schon so viel von Ihnen gehört, Sie haben ja eine wirkliche Zauberei mit dem Vizeresidenten gemacht, sein Bein ist wieder tadellos allright, er spielt Golf wie früher. Ah, ja, alles spricht noch davon drunten bei uns, und wir wollten alle unseren brummigen Surgeon und noch die zwei andern hergeben, wenn Sie zu uns kämen. Überhaupt, warum sieht man Sie nie drunten, Sie leben ja wie ein Joghi ...«

Und so plappert sie weiter, hastig und immer hastiger, ohne mich zu Worte kommen zu lassen. Etwas Nervöses und Fahriges ist in diesem talkigen Geschwätz, und ich werde selbst unruhig davon. Warum spricht sie soviel, frage ich mich innerlich, warum stellt sie sich nicht vor, warum nimmt sie den Schleier nicht ab? Hat sie Fieber? Ist sie krank? Ist sie toll? Ich werde immer nervöser, weil ich die Lächerlichkeit empfinde, so stumm vor ihr zu stehen, übergossen von ihrer prasselnden Geschwätzigkeit. Endlich stoppt sie ein wenig, und ich kann sie hinaufbitten. Sie macht dem Boy eine Bewegung, zurückzubleiben, und geht vor mir die Treppe empor.

»Nett haben Sie es hier«, sagt sie, in meinem Zimmer sich umsehend. »Ah, die schönen Bücher! die möchte ich alle lesen!« Sie tritt an das Regal und mustert die Büchertitel. Zum erstenmal, seit ich ihr entgegengetreten, schweigt sie für eine Minute.

»Darf ich Ihnen einen Tee anbieten?« fragte ich.

Sie wendet sich nicht um und sieht nur auf die Büchertitel. »Nein, danke, Doktor ... wir müssen gleich wieder weiter ... ich habe nicht viel Zeit ... war ja nur ein kleiner Ausflug ... Ach, da haben Sie auch den Flaubert, den liebe ich so sehr ... wundervoll, ganz wundervoll, die ›Education

16

sentimentale‹ ... ich sehe, Sie lesen auch französisch ... Was Sie alles können! ... ja, die Deutschen, die lernen alles auf der Schule ... Wirklich großartig, so viel Sprachen zu können! ... Der Vizeresident schwört auf Sie, sagt immer, Sie seien der einzige, dem er unter das Messer ginge ... unser guter Surgeon drüben taugt gerade zum Bridgespiel ... Übrigens wissen Sie – (sie wendete sich noch immer nicht um) heute kams mir selbst in den Sinn, ich sollte Sie einmal konsultieren ... und weil wir eben vorüberfuhren, dachte ich ... nun, Sie haben jetzt wohl zu tun ... ich komme lieber ein andermal.«

»Deckst du endlich die Karten auf!« dachte ich mir sofort. Aber ich ließ nichts merken, sondern versicherte ihr, es würde mir eine Ehre sein, jetzt und wann immer sie wolle, ihr zu dienen.

»Es ist nichts Ernstes,« sagte sie, sich halb umwendend und gleichzeitig in einem Buch blätternd, das sie vom Regal genommen hatte, »nichts Ernstes ... Kleinigkeiten ... Weibersachen ... Schwindel, Ohnmachten. Heute früh schlug ich, als wir eine Kurve machten, plötzlich hin, raide morte ... der Boy mußte mich aufrichten im Auto und Wasser holen ... nun, vielleicht ist der Chauffeur zu rasch gefahren ... meinen Sie nicht, Doktor?«

»Ich kann das so nicht beurteilen. Haben Sie öfter derlei Ohnmachten?«

»Nein ..., das heißt ja ... in der letzten Zeit ... gerade in der allerletzten Zeit ... ja ... solche Ohnmachten und Übelkeiten.«

Sie steht schon wieder vor dem Bücherschrank, tut das Buch hinein, nimmt ein anderes heraus und blättert darin. Merkwürdig, warum blättert sie immer so ... so nervös, warum schaut sie unter dem Schleier nicht auf? Ich sage mit Absicht nichts. Es reizt mich, sie warten zu lassen. Endlich fängt sie wieder an in ihrer nonchalanten, plapperigen Art.

»Nicht wahr, Doktor, nichts Bedenkliches das? Keine Tropensache ... nichts Gefährliches ...«

»Ich müßte erst sehen, ob Sie Fieber haben. Darf ich um Ihren Puls bitten ...«

Ich gehe auf sie zu. Sie weicht leicht zur Seite.

»Nein, nein, ich habe kein Fieber ... gewiß, ganz gewiß nicht ... ich habe mich selbst gemessen jeden Tag, seit ... seit diese Ohnmachten kamen. Nie Fieber, immer tadellos 36.4 auf den Strich. Auch mein Magen ist gesund.«

Ich zögere einen Augenblick. Die ganze Zeit schon prickelt in mir ein Argwohn: ich spüre, diese Frau will etwas von mir, man kommt nicht in eine Wildnis, um über Flaubert zu sprechen. Eine, zwei Minuten lasse ich sie warten. »Verzeihen Sie,« sage ich dann geradewegs, »darf ich einige Fragen ganz frei stellen?«

»Gewiß, Doktor! Sie sind doch Arzt«, antwortet sie, aber schon wendet sie mir wieder den Rücken und spielt mit den Büchern.

»Haben Sie Kinder gehabt?«

»Ja, einen Sohn.«

»Und haben Sie ... haben Sie vorher ... ich meine damals ... haben Sie da ähnliche Zustände gehabt?«

»Ja.«

Ihre Stimme ist jetzt ganz anders. Ganz klar, ganz bestimmt, gar nicht mehr plapprig, gar nicht mehr nervös.

»Und wäre es möglich, daß Sie ... verzeihen Sie die Frage ... daß Sie jetzt in einem ähnlichen Zustande sind?«

»Ja.«

Wie ein Messer scharf und schneidend läßt sie das Wort fallen. In ihrem abgewandten Kopf zuckt nicht eine Linie.

»Vielleicht wäre es da am besten, gnädige Frau, ich nehme eine allgemeine Untersuchung vor ... darf ich Sie vielleicht bitten, sich ... sich in das andere Zimmer hinüber zu bemühen?«

Da wendet sie sich plötzlich um. Durch den Schleier fühle ich einen kalten, entschlossenen Blick mir gerade entgegen.

»Nein ... das ist nicht nötig ... ich habe volle Gewißheit über meinen Zustand.««

∗

Die Stimme zögert einen Augenblick. Wieder blinkert im Dunkel das gefüllte Glas.

»Also hören Sie ... aber versuchen Sie zuerst einen Augenblick sich das zu überdenken. Da drängt sich zu einem, der in seiner Einsamkeit vergeht, eine Frau herein, die erste weiße Frau betritt seit Jahren das Zimmer ... und plötzlich spüre ichs, es ist etwas Böses im Zimmer, eine Gefahr. Irgendwie überliefs mich: mir graute vor der stählernen Entschlossenheit dieses Weibes, die da mit plapprigen Reden hereingekommen war und dann mit einemmal ihre Forderung zückt, wie ein Messer. Denn was sie von mir wollte, wußte ich ja, wußte ich sofort – es war nicht das erstemal, daß Frauen so etwas von mir verlangten, aber sie kamen anders, kamen verschämt oder flehend, kamen mit Tränen und Beschwörungen. Hier aber war eine ... ja, eine stählerne, eine männliche Entschlossenheit ... von der ersten Sekunde spürte ichs, daß diese Frau stärker war als ich ... daß sie mich in ihren Willen zwingen konnte, wie sie wollte ... Aber ... aber ... es war auch etwas Böses in mir ... der Mann, der sich wehrte, irgendeine Erbitterung, denn ... ich sagte es ja schon ... von der ersten Sekunde, ja, noch ehe ich sie gesehen, empfand ich diese Frau als Feind.

18

Ich schwieg zunächst. Schwieg hartnäckig und erbittert. Ich spürte, daß sie mich unter dem Schleier ansah gerade und fordernd ansah, daß sie mich zwingen wollte zu sprechen. Aber ich gab nicht so leicht nach. Ich begann zu sprechen, aber ... ausweichend ... ja unbewußt ahmte ich ihre plapprige, gleichgültige Art nach. Ich tat, als ob ich sie nicht verstünde, denn – ich weiß nicht, ob Sie das nachfühlen können – ich wollte sie zwingen, deutlich zu werden, ich wollte nicht anbieten, sondern ... gebeten sein ... gerade von ihr, weil sie so herrisch kam ... und weil ich wußte, daß ich bei Frauen nichts so unterliege als dieser hochmütigen kalten Art.

Ich redete also herum, dies sei ganz unbedenklich, solche Ohnmächten gehörten zum regulären Lauf der Dinge, im Gegenteil, sie verbürgten beinahe eine gute Entwicklung. Ich zitierte Fälle aus den klinischen Zeitungen ... ich sprach, ich sprach, lässig und leicht, immer die Angelegenheit ganz wie eine Banalität betrachtend und ... und wartete immer, daß sie mich unterbrechen würde. Denn ich wußte, sie würde es nicht ertragen.

Da fuhr sie schon scharf dazwischen, mit einer Handbewegung gleichsam das ganze beruhigende Gerede wegstreifend.

»Das ist es nicht, Doktor, was mich unsicher macht. Damals, als ich meinen Buben bekam, war ich in besserer Verfassung ... aber jetzt bin ich nicht mehr allright ... ich habe Herzzustände ...«

»Ach, Herzzustände«, wiederholte ich, scheinbar beunruhigt, »da will ich doch gleich nachsehen.« Und ich machte eine Bewegung, als ob ich aufstehen und das Hörrohr holen wollte.

Aber schon fuhr sie dazwischen. Die Stimme war jetzt ganz scharf und bestimmt – wie am Kommandoplatz.

»Ich *habe* Herzzustände, Doktor, und ich muß Sie bitten, zu glauben, was ich Ihnen sage. Ich möchte nicht viel Zeit mit Untersuchungen verlieren – Sie könnten mir, meine ich, etwas mehr Vertrauen entgegenbringen. Ich wenigstens habe mein Vertrauen zu Ihnen genug bezeugt.«

Jetzt war es schon Kampf, offene Herausforderung. Und ich nahm sie an.

»Zum Vertrauen gehört Offenheit, rückhaltlose Offenheit. Reden Sie klar, ich bin Arzt. Und vor allem nehmen Sie den Schleier ab, setzen Sie sich her, lassen Sie die Bücher und die Umwege. Man kommt nicht zum Arzt im Schleier.«

Sie sah mich an, aufrecht und stolz. Einen Augenblick zögerte sie. Dann setzte sie sich nieder, zog den Schleier hoch. Ich sah ein Gesicht, ganz so wie ich es – gefürchtet hatte, ein undurchdringliches Gesicht, hart, beherrscht, von einer alterslosen Schönheit, ein Gesicht mit grauen englischen Augen, in denen alles Ruhe schien und hinter die man doch alles

Leidenschaftliche träumen konnte. Dieser schmale, verpreßte Mund gab kein Geheimnis her, wenn er nicht wollte. Eine Minute lang sahen wir einander an – sie befehlend und fragend zugleich, mit einer so kalten, stählernen Grausamkeit, daß ich es nicht ertrug und unwillkürlich zur Seite blickte.

Sie klopfte leicht mit dem Knöchel auf den Tisch. Also auch in ihr war Nervosität. Dann sagte sie plötzlich rasch: »Wissen Sie, Doktor, was ich von Ihnen will, oder wissen Sie es nicht?«

»Ich glaube es zu wissen. Aber seien wir lieber ganz deutlich. Sie wollen Ihrem Zustand ein Ende bereiten ... Sie wollen, daß ich Sie von Ihrer Ohnmacht, Ihren Übelkeiten befreie, indem ich ... indem ich die Ursache beseitige. Ist es das?«

»Ja.«

Wie ein Fallbeil zuckte das Wort.

»Wissen Sie auch, daß solche Versuche gefährlich sind ... für beide Teile ...?«

»Ja.«

»Daß es gesetzlich mir untersagt ist?«

»Es gibt Möglichkeiten, wo es nicht untersagt, sondern sogar geboten ist.«

»Aber diese erfordern eine ärztliche Indikation.«

»So werden Sie diese Indikation finden. Sie sind Arzt.«

Klar, starr, ohne zu zucken, blickten mich ihre Augen dabei an. Es war ein Befehl, und ich Schwächling bebte in Bewunderung vor der dämonischen Herrischkeit ihres Willens. Aber ich krümmte mich noch, ich wollte nicht zeigen, daß ich schon zertreten war. – »Nur nicht zu rasch! Umstände machen! Sie zur Bitte zwingen«, funkelte in mir irgendein Gelüst.

»Das liegt nicht immer im Willen des Arztes. Aber ich bin bereit, mit einem Kollegen im Krankenhaus ...«

»Ich will Ihren Kollegen nicht ... ich bin zu Ihnen gekommen.«

»Darf ich fragen, warum gerade zu mir?«

Sie sah mich kalt an.

»Ich habe kein Bedenken, es Ihnen zu sagen. Weil Sie abseits wohnen, weil Sie mich nicht kennen – weil Sie ein guter Arzt sind, und weil Sie ...« jetzt zögerte sie zum ersten Male – »wohl nicht mehr lange in dieser Gegend bleiben werden, besonders wenn Sie ... wenn Sie eine größere Summe nach Hause bringen können.«

Mich überliefs kalt. Diese eherne, diese Merchant-, diese Kaufmannsklarheit der Berechnung betäubte mich. Bisher hatte sie ihre Lippen noch nicht zur Bitte aufgetan – aber alles längst auskalkuliert, mich erst umlauert und dann aufgespürt. Ich spürte, wie das Dämonische ihres Willens in mich eindrang, aber ich wehrte mich mit all meiner Erbitterung. Noch einmal zwang ich mich sachlich – ja fast ironisch zu sein.

»Und diese größere Summe würden Sie ... würden Sie mir zur Verfügung stellen?«

»Für Ihre Hilfe und sofortige Abreise.«

»Wissen Sie, daß ich dadurch meine Pension verliere?«

»Ich werde sie Ihnen entschädigen.«

»Sie sind sehr deutlich ... Aber ich will noch mehr Deutlichkeit. Welche Summe haben Sie als Honorar in Aussicht genommen?«

»Zwölftausend Gulden, zahlbar auf Scheck in Amsterdam.«

Ich ... zitterte ... ich zitterte vor Zorn und ... ja auch vor Bewunderung. Alles hatte sie berechnet, die Summe und die Art der Zahlung, durch die ich zur Abreise genötigt war, sie hatte mich eingeschätzt und gekauft, ohne mich zu kennen, hatte über mich verfügt im Vorgefühl ihres Willens. Am liebsten hätte ich ihr ins Gesicht geschlagen ... Aber wie ich zitternd aufstand – auch sie war aufgestanden – und ihr gerade Auge in Auge starrte, da überkam mich plötzlich bei dem Blick auf diesen verschlossenen Mund, der nicht bitten, auf ihre hochmütige Stirn, die sich nicht beugen wollte ... eine ... eine Art gewalttätiger Gier. Sie mußte irgend etwas davon fühlen, denn sie spannte ihre Augenbrauen hoch, wie wenn man jemand Lästigen wegweisen will: der Haß zwischen uns war plötzlich nackt. Ich wußte, sie haßte mich, weil sie mich brauchte, und ich haßte sie, weil ... weil sie nicht bitten wollte. Diese eine, diese eine Sekunde Schweigen sprachen wir zum erstenmal ganz aufrichtig zueinander. Dann biß sich plötzlich wie ein Reptil mir ein Gedanke ein, und ich sagte ihr ... ich sagte ihr ...

Aber warten Sie, so würden Sie es falsch verstehen, was ich tat ... was ich sagte ... ich muß Ihnen erst erklären, wie ... wieso dieser wahnsinnige Gedanke in mich kam ...«

*

Wieder klirrte leise im Dunkel das Glas. Und die Stimme wurde erregter.

»Nicht daß ich mich entschuldigen will, mich rechtfertigen, mich reinwaschen ... Aber Sie verstehen es sonst nicht ... Ich weiß nicht, ob ich je so etwas wie ein guter Mensch gewesen bin, aber ... ich glaube, hilfreich war ich immer ... In dem dreckigen Leben da drüben war das ja die einzige Freude, die man hatte, mit der Handvoll Wissenschaft, die man sich ins Hirn gepreßt, irgendeinem Stück Leben den Atem erhalten zu können ...

so eine Art Herrgottsfreude ... Wirklich, es waren meine schönsten Augenblicke, wenn so ein gelber Bursch kam, blauweiß vor Schrecken, einen Schlangenbiß im hochgeschwollenen Fuß, und schon heulte, man solle ihm das Bein nicht abschneiden, und ich kriegte es noch fertig, ihn zu retten. Stundenweit bin ich gefahren, wenn irgendein Weib im Fieber lag – auch so wie diese es wollte, habe ich geholfen, schon in Europa drüben an der Klinik. Aber da spürte mans wenigstens, daß dieser Mensch einen *brauchte,* da wußte mans, daß man jemand vom Tode rettete oder vor der Verzweiflung – und das braucht man eben selbst zum Helfen, dies Gefühl, daß der andere einen braucht.

Aber diese Frau – ich weiß nicht, ob ich es Ihnen schildern kann – sie regte mich auf, reizte mich von dem Augenblick, da sie scheinbar promenierend hereinkam, durch ihren Hochmut zu einem Widerstand, sie reizte alles – wie soll ichs sagen ... sie reizte alles Gedrückte, alles Versteckte, alles Böse in mir zur Gegenwehr. Daß sie Lady spielte, unnahbar kühl ein Geschäft entrierte, wo es um Tod und Leben ging, das machte mich toll ... Und dann ... dann ... schließlich wird man doch nicht schwanger vom Golfspielen ... ich wußte ... das heißt, ich mußte plötzlich mit einer – und das war jener Gedanke – mit einer entsetzlichen Deutlichkeit mich daran erinnern, daß diese Kühle, diese Hochmütige, diese Kalte, die steil die Augenbrauen über ihre stählernen Augen hochzog, als ich sie nur abwehrend ... ja fast wegstoßend anblickte, daß die sich zwei oder drei Monate vorher heiß im Bett mit einem Mann gewälzt hatte, nackt wie ein Tier und vielleicht stöhnend vor Lust, die Körper ineinander verbissen wie zwei Lippen ... Das, das war der brennende Gedanke, der mich überfiel, als sie mich so hochmütig, so unnahbar kühl, ganz wie ein englischer Offizier anblickte ... und da, da spannte sich alles in mir ... ich war besessen von der Idee, sie zu erniedrigen ... von dieser Sekunde sah ich durch das Kleid ihren Körper nackt ... von dieser Sekunde an lebte ich nur im Gedanken, sie zu besitzen, ein Stöhnen aus ihren harten Lippen zu pressen, diese Kalte, diese Hochmütige in Wollust zu fühlen so wie jener, jener andere, den ich nicht kannte. Das ... das wollte ich Ihnen erklären ... Ich habe nie, so verkommen ich war, sonst als Arzt die Situation zu nutzen gesucht ... Aber diesmal war es ja nicht Geilheit, nicht Brunst, nichts Sexuelles, wahrhaftig nicht ... ich würde es ja eingestehen ... nur die Gier, eines Hochmuts Herr zu werden ... Herr als Mann ... Ich sagte es Ihnen, glaube ich, schon, daß hochmütige, scheinbar kühle Frauen von je über mich Macht hatten ... aber jetzt, jetzt kam noch dies dazu, daß ich sieben Jahre hier lebte, ohne eine weiße Frau gehabt zu haben, daß ich Widerstand nicht kannte ... Denn diese Mädchen hier, diese zwitschernden kleinen zierlichen Tierchen, die zittern ja vor

Ehrfurcht, wenn ein Weißer, ein ›Herr‹, sie nimmt ... sie löschen aus in Demut, immer sind sie einem offen, immer bereit, mit ihrem leisen, glucksenden Lachen einem zu dienen ... aber gerade diese Unterwürfigkeit, dieses Sklavische verschweint einem den Genuß ... Verstehen Sie jetzt, verstehen Sie es, wie das dann auf mich hinschmetternd wirkte, wenn da plötzlich eine Frau kam, voll von Hochmut und Haß, verschlossen bis an die Fingerspitzen, zugleich funkelnd von Geheimnis und beladen mit früherer Leidenschaft ... wenn eine solche Frau in den Käfig eines solchen Mannes, einer so vereinsamten, verhungerten, abgesperrten Menschenbestie frech eintritt ... Das ... das wollte ich nur sagen, damit Sie das andere verstehen ... das, was jetzt kam. Also ... voll von irgendeiner bösen Gier, vergiftet von dem Gedanken an sie, nackt, sinnlich, hingegeben, ballte ich mich gleichsam zusammen und täuschte Gleichgültigkeit vor. Ich sagte kühl: »Zwölftausend Gulden? ... Nein, dafür werde ich es nicht tun.«

Sie sah mich an, ein wenig blaß. Sie spürte wohl schon, daß in diesem Widerstand nicht Geldgier war. Aber doch sagte sie:

»Was verlangen Sie also?«

Ich ging auf den kühlen Ton nicht mehr ein. »Spielen wir mit offenen Karten. Ich bin kein Geschäftsmann ... ich bin nicht der arme Apotheker aus Romeo und Julia, der für ›corrupted gold‹ sein Gift verkauft ... ich bin vielleicht das Gegenteil eines Geschäftsmannes ... auf diesem Wege werden Sie Ihren Wunsch nicht erfüllt sehen.«

»Sie wollen es also nicht tun?«

»Nicht für Geld.«

Es wurde ganz still für eine Sekunde zwischen uns. So still, daß ich sie zum erstenmal atmen hörte.

»Was können Sie denn sonst wünschen?«

Jetzt hielt ich mich nicht mehr.

»Ich wünsche zuerst, daß Sie ... daß Sie zu mir nicht wie zu einem Krämer reden, sondern wie zu einem Menschen. Daß Sie, wenn Sie Hilfe brauchen, nicht ... nicht gleich mit Ihrem schändlichen Geld kommen ... sondern bitten ... mich, den Menschen, bitten, Ihnen, dem Menschen, zu helfen ... Ich bin nicht nur Arzt, ich habe nicht nur Sprechstunden ... ich habe auch andere Stunden ... vielleicht sind Sie in eine solche Stunde gekommen ...«

Sie schweigt einen Augenblick. Dann krümmt sich ihr Mund ganz leicht, zittert und sagt rasch:

»Also wenn ich Sie bitten würde ... dann würden Sie es tun?«

23

»Sie wollen schon wieder ein Geschäft machen – Sie wollen nur bitten, wenn ich erst verspreche. Erst müssen Sie mich bitten – dann werde ich Ihnen antworten.«

Sie wirft den Kopf hoch wie ein trotziges Pferd. Zornig sieht sie mich an.

»Nein, – ich werde Sie nicht bitten. Lieber zugrunde gehen!«

Da packt mich der Zorn, der rote, sinnlose Zorn.

»Dann werde ich fordern, wenn Sie nicht bitten wollen. Ich glaube, ich muß nicht erst deutlich sein – Sie wissen, was ich von Ihnen begehre. Dann – dann werde ich Ihnen helfen.«

Einen Augenblick starrte sie mich an. Dann – o ich kann, ich kann nicht sagen, wie entsetzlich das war – dann spannten sich ihre Züge, und dann ... dann *lachte* sie mit einem Male ... lachte sie mir mit einer unsagbaren Verächtlichkeit ins Gesicht ... mit einer Verächtlichkeit, die mich zerstäubte ... und die mich berauschte zugleich ... Es war wie eine Explosion, so plötzlich, so aufspringend, so mächtig losgesprengt von einer ungeheuren Kraft dieses Lachen der Verächtlichkeit, daß ich ... ja daß ich hätte zu Boden sinken können und ihr die Füße küssen. Eine Sekunde dauerte es nur ... es war wie ein Blitz, und ich hatte das Feuer im ganzen Körper ... da wandte sie sich schon und ging hastig auf die Tür zu.

Unwillkürlich wollte ich ihr nach ... mich entschuldigen ... sie anflehen ... meine Kraft war ja ganz zerbrochen ... da kehrte sie sich noch einmal um und sagte ... nein, sie *befahl*:

»Unterstehen Sie sich nicht mir zu folgen oder nachzuspüren ... Sie würden es bereuen.«

Und schon krachte hinter ihr die Türe zu.«

*

Wieder ein Zögern. Wieder ein Schweigen ... Wieder nur dies Rauschen, als ob das Mondlicht strömte. Und dann endlich wieder die Stimme.

»Die Tür schlug zu ... aber ich stand unbeweglich an der Stelle ... ich war gleichsam hypnotisiert von dem Befehl ... ich hörte sie die Treppe hinabsteigen, die Haustür zumachen ... ich hörte alles, und mein ganzer Wille drängte ihr nach ... sie ... ich weiß nicht was ... sie zurückzurufen, oder zu schlagen oder zu erdrosseln ... aber ihr nach ... ihr nach ... Und doch konnte ich nicht. Meine Glieder waren gleichsam gelähmt wie von einem elektrischen Schlag ... ich war eben getroffen, getroffen bis ins Mark hinein von dem herrischen Blitz dieses Blickes ... Ich weiß, das ist nicht zu erklären, nicht zu erzählen ... es mag lächerlich klingen, aber ich stand und stand ...

24

ich brauchte Minuten, vielleicht fünf, vielleicht zehn Minuten, ehe ich einen Fuß wegreißen konnte von der Erde ...

Aber kaum daß ich einen Fuß gerührt, war ich schon heiß, war ich schon rasch ... im Nu eilte ich die Treppe hinab ... Sie konnte ja nur die Straße hinabgegangen sein zur Zivilstation ... ich stürze in den Schuppen, das Rad zu holen, sehe, daß ich den Schlüssel vergessen habe, reiße den Verschlag auf, daß der Bambus splittert und kracht ... und schon schwinge ich mich auf das Rad und sause ihr nach ... ich muß sie ... ich muß sie erreichen, ehe sie zu ihrem Automobil gelangt ... ich muß sie sprechen ...

Die Straße staubt an mir vorbei ... jetzt merke ich erst, wie lange ich oben starr gestanden haben mußte ... da ... auf der Kurve im Wald knapp vor der Station sehe ich sie, wie sie hastig mit steifem geradem Schritt hineilt, begleitet von dem Boy ... Aber auch sie muß mich gesehen haben, denn sie spricht jetzt mit dem Boy, der zurückbleibt, und geht allein weiter ... Was will sie tun? Warum will sie allein sein? ... Will sie mit mir sprechen, ohne daß er es hört? ... Blindwütig trete ich in die Pedale hinein ... Da springt mir plötzlich quer von der Seite etwas über den Weg ... der Boy ... ich kann gerade noch das Rad zur Seite reißen und krache hin ...

Ich stehe fluchend auf ... unwillkürlich hebe ich die Faust, um dem Tölpel eins hinzuknallen, aber er springt zur Seite ... Ich rüttle mein Fahrrad hoch, um wieder aufzusteigen ... Aber da springt der Halunke vor, faßt das Rad und sagt in seinem erbärmlichen Englisch: »You remain here.«

Sie haben nicht in den Tropen gelebt ... Sie wissen nicht, was das für eine Frechheit ist, wenn ein solcher gelber Halunke einem weißen ›Herrn‹ das Rad faßt und ihm, dem ›Herrn‹, befiehlt, dazubleiben. Statt aller Antwort schlage ich ihm die Faust ins Gesicht ... er taumelt, aber er hält das Rad fest ... seine Augen, seine engen, feigen Augen sind weit aufgerissen in sklavischer Angst ... aber er hält die Stange, hält sie teuflisch fest ... »You remain here«, stammelt er noch einmal. Zum Glück hatte ich keinen Revolver bei mir. Ich hätte ihn sonst niedergeknallt. »Weg, Kanaille!« sage ich nur. Er starrt mich geduckt an, läßt aber die Stange nicht los. Ich schlage ihm noch einmal auf den Schädel, er läßt noch immer nicht. Da faßt mich die Wut ... ich sehe, daß sie schon fort, vielleicht schon entkommen ist ... und versetzte ihm einen regelrechten Boxerschlag unters Kinn, daß er hinwirbelt. Jetzt habe ich wieder mein Rad ... aber wie ich aufspringe, stockt der Lauf ... bei dem gewaltsamen Zerren hat sich die Speiche verbogen ... Ich versuche mit fiebernden Händen sie geradezudrehen ... Es geht nicht ... so schmeiße ich das Rad quer auf den Weg neben den Halunken hin, der blutend aufsteht und zur Seite weicht ... Und dann – nein, Sie können nicht fühlen, wie lächerlich das dort vor allen Menschen ist, wenn ein Europäer ... nun, ich wußte nicht mehr, was ich tat ... ich hatte nur den einen Gedanken: ihr nach, sie erreichen ... und so lief ich, lief wie ein Rasender die Landstraße entlang vorbei an den Hütten, wo das gelbe Gesindel staunend sich vordrängte, einen weißen Mann, den Doktor, *laufen* zu sehen.

Schweißtriefend kam ich in der Station an ... Meine erste Frage: Wo ist das Auto? ... Eben weggefahren ... Verwundert sehen mich die Leute an: als Rasender muß ich ihnen erscheinen, wie ich da naß und schmierig ankam, die Frage voranschreiend, ehe ich noch stand ... Unten an der Straße sehe ich weiß den Qualm des Autos wirbeln ... es ist ihr gelungen ... gelungen wie alles ihrer harten, grausam harten Berechnung gelingen muß.

Aber die Flucht hilft ihr nichts ... In den Tropen gibt es kein Geheimnis unter den Europäern ... einer kennt den andern, alles wird zum Ereignis ... Nicht umsonst ist ihr Chauffeur eine Stunde im Bungalow der Regierung gestanden ... in einigen Minuten weiß ich alles ... Weiß, wer sie ist ... daß sie unten in – nun in der Regierungsstadt wohnt, acht Eisenbahnstunden von hier ... daß sie – nun sagen wir, die Frau eines Großkaufmannes ist, rasend reich, vornehm, eine Engländerin ... ich weiß, daß ihr Mann jetzt fünf Monate in Amerika war und nächster Tage eintreffen soll, um sie mit nach Europa zu nehmen ...

Sie aber – und wie Gift brennt sich mir der Gedanke in die Adern hinein – sie kann höchstens zwei oder drei Monate in andern Umständen sein ...«

*

»Bisher konnte ich Ihnen noch alles begreiflich machen ... vielleicht nur deshalb, weil ich bis zu diesem Augenblicke mich noch selbst verstand ... mir als Arzt immer die Diagnose meines Zustands selbst stellte. Aber von da an begann es wie ein Fieber in mir ... ich verlor die Kontrolle über mich ... das heißt, ich wußte genau, wie sinnlos alles war, was ich tat; aber ich hatte keine Macht mehr über mich ... ich verstand mich selbst nicht mehr ... ich lief nur in der Besessenheit meines Ziels vorwärts ... Übrigens warten Sie ... vielleicht kann ich es Ihnen doch begreiflich machen ... Wissen Sie, was Amok ist?«

»Amok? ... ich glaube mich zu erinnern ... Eine Art Trunkenheit bei den Malaien ...«

»Es ist mehr als Trunkenheit ... es ist Tollheit, eine Art menschlicher Hundswut ... ein Anfall mörderischer, sinnloser Monomanie, der sich mit keiner andern alkoholischen Vergiftung vergleichen läßt ... ich habe selbst während meines Aufenthaltes einige Fälle studiert – für andere ist man ja immer sehr klug und sehr sachlich – ohne aber je das furchtbare Geheimnis ihres Ursprungs freilegen zu können ... Irgendwie hängt es mit dem Klima zusammen, mit dieser schwülen, geballten Atmosphäre, die auf die Nerven wie ein Gewitter drückt, bis sie einmal losspringen ... Also Amok ... ja, Amok, das ist so: Ein Malaie, irgendein ganz einfacher, ganz gutmütiger Mensch, trinkt sein Gebräu in sich hinein ... er sitzt da, stumpf, gleichgültig, matt ... so wie ich in meinem Zimmer saß ... und plötzlich springt er auf, faßt den Dolch und rennt auf die Straße ... rennt geradeaus, immer nur geradeaus ... ohne zu wissen wohin ... Was ihm in den Weg tritt, Mensch oder Tier, das stößt er nieder mit seinem Kris, und der Blutrausch macht ihn nur noch hitziger ... Schaum tritt dem Laufenden vor die Lippen, er heult wie ein Rasender ... aber er rennt, rennt, rennt, sieht nicht mehr nach rechts, steht nicht nach links, rennt nur mit seinem gellen Schrei, seinem blutigen Kris in dieses entsetzliche Geradeaus ... Die Leute in den Dörfern wissen, daß keine Macht einen Amokläufer aufhalten kann ... so brüllen sie warnend voraus, wenn er kommt: »Amok! Amok!«, und alles flüchtet ... er aber rennt, ohne zu hören, rennt, ohne zu sehen, stößt nieder, was ihm begegnet ... bis man ihn totschießt wie einen tollen Hund oder er selbst schäumend zusammenbricht ...

Einmal habe ich das gesehen, vom Fenster meines Bungalow aus ... es war grauenhaft ... aber nur dadurch, daß ichs gesehen habe, begreife ich mich selbst in jenen Tagen ... denn so, genau so, mit diesem furchtbaren Blick geradeaus, ohne nach rechts oder links zu sehen, mit dieser Besessenheit stürmte ich los ... dieser Frau nach ... Ich weiß nicht mehr, wie ich alles tat, in so rasendem Lauf, in so unsinniger Geschwindigkeit flog es vorbei ... Zehn Minuten, nein, fünf, nein zwei ... nachdem ich alles von dieser Frau wußte, ihren Namen, ihr Haus, ihr Schicksal, jagte ich schon auf einem rasch geborgten Rad in mein Haus zurück, warf einen Anzug in den Koffer, steckte Geld zu mir und fuhr zur Station der Eisenbahn mit einem Wagen ... fuhr, ohne mich abzumelden beim Distriktsbeamten ... ohne einen Vertreter zu ernennen, ließ das Haus offen stehen und liegen wie es war ... Um mich standen Diener, die Weiber staunten und fragten, ich antwortete nicht, wandte mich nicht um ... fuhr zur Eisenbahn und mit dem nächsten Zug hinab in die Stadt ... Eine Stunde im ganzen, nachdem diese Frau in mein Zimmer getreten, hatte ich meine Existenz hinter mich geworfen und rannte Amok ins Leere hinein ...

Geradeaus rannte ich, mit dem Kopf gegen die Wand ... um sechs Uhr abends war ich angekommen ... um sechs Uhr zehn war ich in ihrem Haus und ließ mich melden ... Es war ... Sie werden es verstehen ... das Sinnloseste, das Stupideste, was ich tun konnte ... aber der Amokläufer rennt ja mit leeren Augen, er sieht nicht, wohin er rennt ... Nach einigen Minuten kam der Diener zurück ... höflich und kühl ... die gnädige Frau sei nicht wohl und könne nicht empfangen ...

Ich taumelte die Türe hinaus ... Eine Stunde schlich ich noch um das Haus herum, besessen von der wahnwitzigen Hoffnung, sie würde vielleicht nach mir suchen ... dann nahm ich mir erst ein Zimmer im Strandhotel und zwei Flaschen Whisky auf das Zimmer ... die und eine doppelte Dosis Veronal halfen mir ... ich schlief endlich ein ... und dieser dumpfe, schlammige Schlaf war die einzige Pause in diesem Rennen zwischen Leben und Tod.«

*

Die Schiffsglocke klang. Zwei harte, volle Schläge, die noch im weichen Teich der fast reglosen Luft zitternd weiterschwangen und dann verebbten in das leise, unaufhörliche Rauschen, das unter dem Kiele und zwischen der leidenschaftlichen Rede beharrlich mitlief. Der Mensch im Dunkeln mir gegenüber mußte erschreckt aufgefahren sein, seine Rede stockte. Wieder hörte ich die Hand hinab zur Flasche fingern, wieder das leise Glucksen. Dann begann er gleichsam beruhigt, mit einer festeren Stimme.

»Die Stunden von diesem Augenblick an kann ich Ihnen kaum erzählen. Ich glaube heute, daß ich damals Fieber hatte, jedenfalls war ich in einer Art Überreiztheit, die an Tollheit grenzte – ein Amokläufer, wie ich Ihnen sagte. Aber vergessen Sie nicht, es war Dienstag nachts, als ich ankam, Samstag aber sollte – dies hatte ich inzwischen erfahren – ihr Gatte mit dem P. & O.-Dampfer von Yokohama eintreffen, es blieben also nur drei Tage, drei knappe Tage für den Entschluß und für die Hilfe. Verstehen Sie das: ich wußte, daß ich ihr sofort helfen mußte, und konnte doch kein Wort zu ihr sprechen. Und gerade dieses Bedürfnis, mein lächerliches, mein tollwütiges Benehmen zu entschuldigen, das hetzte mich weiter. Ich wußte um die Kostbarkeit jedes Augenblickes, ich wußte, daß es für sie um Leben und Tod ginge, und hatte doch keine Möglichkeit, mich nur mit einem Flüstern, mit einem Zeichen ihr zu nähern, denn gerade das Stürmische, das Tölpische meines Nachrennens hatte sie erschreckt. Es war ... ja, warten Sie ... es war, wie wenn einer einem nachrennt, um ihn zu warnen vor einem Mörder, und der andere hält ihn selbst für den Mörder, und so rennt er weiter in sein Verderben ... sie sah nur den Amokläufer in mir, der sie verfolgte, um sie zu demütigen, aber ich ... das war ja der entsetzliche Widersinn ... ich dachte gar nicht mehr an das ... ich war ja schon ganz vernichtet, ich wollte ihr nur helfen, ihr nur dienen ... einen Mord hätte ich getan, ein Verbrechen, um ihr zu helfen ... Aber sie, sie verstand es nicht.

Als ich morgens aufwachte und gleich wieder hinlief zu ihrem Haus, stand der Boy vor der Tür, derselbe Boy, den ich ins Gesicht geschlagen, und wie er mich von ferne sah – er mußte auf mich gewartet haben –, huschte er hinein in die Tür. Vielleicht tat er es nur, um mich im geheimen anzumelden ... vielleicht ... ah, diese Ungewißheit, wie peinigt sie mich jetzt ... vielleicht war schon alles bereit, mich zu empfangen ... aber da, wie ich ihn sah, mich erinnerte an meine Schmach, da war ich es wieder, der nicht wagte, noch einmal den Besuch zu wiederholen ... Die Knie zitterten mir. Knapp vor der Schwelle drehte ich mich um und ging wieder fort ... ging fort, während sie vielleicht in ähnlicher Qual auf mich wartete.

Ich wußte jetzt nicht mehr, was tun in der fremden Stadt, die an meinen Fersen wie Feuer glühte ... plötzlich fiel mir etwas ein, schon rief ich einen Wagen und fuhr zum Vizeresidenten, zu demselben, dem ich damals in meiner Station geholfen, und ließ mich melden ... Irgend etwas muß schon in meinem äußern Wesen befremdend gewesen sein, denn er sah mich mit einem gleichsam erschreckten Blick an, und seine Höflichkeit hatte etwas Beunruhigtes ... vielleicht erkannte er schon den Amokläufer in mir ... Ich sagte ihm kurz entschlossen, ich erbäte meine Versetzung in die Stadt, ich könne auf meinem Posten nicht mehr länger existieren ... ich müsse sofort übersiedeln ... Er sah mich ... ich kann Ihnen nicht sagen, wie er mich ansah ... so wie eben ein Arzt einen Kranken ansieht ... »Ein Nervenzusammenbruch, lieber Doktor«, sagte er dann, »ich verstehe das nur zu gut. Nun, es wird sich schon richten lassen; aber warten Sie ... sagen wir vier Wochen ... ich muß erst einen Ersatz finden.« »Ich kann nicht warten, nicht einen Tag«, antwortete ich. Wieder kam dieser merkwürdige Blick. »Es muß gehen, Doktor,« sagte er ernst, »wir dürfen die Station nicht ohne Arzt lassen. Aber ich verspreche Ihnen, daß ich noch heute alles einleite.« Ich blieb stehen, mit verbissenen Zähnen: zum erstenmal spürte ich deutlich, daß ich ein verkaufter Mensch, ein Sklave sei. Schon ballte sich alles zu einem Trotz zusammen, aber er, der Geschmeidige, kam mir zuvor: »Sie sind menschenentwöhnt, Doktor, und das wird schließlich eine Krankheit. Wir haben uns alle gewundert, daß Sie nie herkamen, nie Urlaub nahmen. Sie brauchen mehr Gesellschaft, mehr Anregung. Kommen Sie doch wenigstens diesen Abend, wir haben heute Empfang bei der Regierung, Sie finden die ganze Kolonie, und manche mochten Sie längst kennen lernen, haben oft nach Ihnen gefragt und Sie hierhergewünscht.«

Das letzte Wort riß mich auf. Nach mir gefragt? Sollte sie es gewesen sein? Ich war plötzlich ein anderer: sofort dankte ich ihm höflichst für seine Einladung und sicherte mein Kommen pünktlich zu. Und ich war auch pünktlich, viel zu pünktlich. Muß ich Ihnen erst sagen, daß ich, von meiner Ungeduld gejagt, der erste in dem großen Saale des Regierungsgebäudes war, schweigend umgeben von den gelben Dienern, die mit ihren nackten Sohlen wippend hin und her eilten und mich – wie mir in meinem verwirrten Bewußtsein dünkte – hinterrücks belächelten. Eine Viertelstunde war ich der einzige Europäer inmitten all der geräuschlosen Vorbereitungen und so allein mit mir, daß ich das Ticken der Uhr in meiner Westentasche hörte. Dann kamen endlich ein paar Regierungsbeamte mit ihren Familien, schließlich auch der Gouverneur, der mich in ein längeres Gespräch zog, in dem ich beflissen und, wie ich glaube, geschickt antwortete, bis ... bis ich plötzlich, von einer geheimnisvollen Nervosität befallen, alle Geschmeidigkeit verlor und zu stammeln begann. Obzwar mit dem Rücken gegen die Saaltür gelehnt, spürte ich mit einem Male, daß sie eingetreten, daß sie anwesend sein mußte: ich könnte Ihnen nicht sagen, wieso mich diese plötzliche Gewißheit verwirrend faßte, aber noch während ich mit dem Gouverneur sprach, den Klang seiner Worte im Ohr, spürte ich im Rücken irgendwo ihre Gegenwart. Glücklicherweise endete der Gouverneur bald das Gespräch – ich glaube, ich hätte mich sonst plötzlich brüsk umgewandt, so stark war dieses geheimnisvolle Ziehen in meinen Nerven, so brennend gereizt meine Begier. Und wirklich, kaum daß ich mich umwandte, sah ich sie schon ganz genau an jener Stelle, wo sie unbewußt mein Gefühl geahnt. Sie stand in einem gelben Ballkleid, das ihre schmalen, reinen Schultern wie mattes Elfenbein vorleuchten ließ, plaudernd inmitten einer Gruppe. Sie lächelte, aber doch, mir war, als hätte ihr Gesicht einen gespannten Zug. Ich trat näher – sie konnte mich nicht sehen oder wollte mich nicht sehen – und blickte in dieses Lächeln, das gefällig und höflich um die schmalen Lippen zitterte. Und dieses Lächeln berauschte mich von neuem, weil es ... nun weil ich wußte, daß es Lüge war, Kunst oder Technik, Meisterschaft der Verstellung. Mittwoch ist heute, fuhr mir durch den Kopf, Samstag kommt das Schiff mit dem Gatten ... wie kann sie so lächeln, so ... so sicher, so sorglos lächeln und den Fächer lässig in der Hand spielen lassen, statt ihn zu zerkrampfen in Angst? Ich ... ich, der Fremde ... ich zitterte seit zwei Tagen vor jener Stunde ... ich, der Fremde, lebte ihre Angst, ihr Entsetzen mit allen Exzessen des Gefühls mit ... und sie ging auf den Ball und lächelte, lächelte, lächelte ...

Rückwärts setzte die Musik ein. Der Tanz begann. Ein älterer Offizier hatte sie aufgefordert, sie ließ mit einer Entschuldigung den plaudernden Kreis und schritt an seinem Arm gegen den andern Saal zu, an mir vorbei. Wie sie mich erblickte, spannte sich plötzlich ihr Gesicht gewaltsam zusammen – aber nur eine Sekunde lang, dann nickte sie mir mit einem höflichen Erkennen (ehe ich mich noch zu grüßen oder nichtgrüßen entschlossen hatte) wie einem zufälligen Bekannten zu: »Guten Abend, Doktor« und war schon vorbei. Niemand hätte ahnen können, was in diesem graugrünen Blick verborgen war, und ich, ich selbst wußte es nicht. Warum grüßte sie ... warum erkannte sie mich nun mit einmal an? ... War das Abwehr, war es Annäherung, war es nur die Verlegenheit der Überraschung? Ich kann Ihnen nicht schildern, in welcher Erregtheit ich zurückblieb, alles war aufgewühlt, war explosiv in mir zusammengepreßt, und wie ich sie so sah, lässig walzend am Arme des Offiziers, auf der Stirne den kühlen Glanz der Sorglosigkeit, indes ich doch wußte, daß sie ... daß sie so wie ich nur *daran* ... daran dachte ... daß wir zwei hier allein ein furchtbares Geheimnis gemeinsam hatten ... und sie walzte ... in diesen Sekunden wurde meine Angst, meine Gier und meine Bewunderung noch mehr Leidenschaft als jemals. Ich weiß nicht, ob mich jemand beobachtet hat, aber gewiß verriet ich mich in meinem Verhalten noch viel mehr, als sie sich verbarg – ich konnte eben nicht in eine andere Richtung schauen, ich mußte ... ja, ich mußte sie ansehen, ich sog, ja ich zerrte von ferne an ihrem verschlossenen Gesicht, ob die Maske nicht für eine Sekunde fallen wollte. Und sie mußte diesen starren Blick unangenehm empfunden haben. Als sie am Arme ihres Tänzers zurückschritt, sah sie mich im Blitzlicht einer Sekunde an, scharf befehlend, wie wegweisend: wieder spannte sich jene kleine Falte des hochmütigen Zornes, die ich schon von damals kannte, böse über ihrer Stirn.

Aber ... aber ... ich sagte es Ihnen ja ... ich lief Amok, ich sah nicht nach rechts und nicht nach links. Ich verstand sie sofort – dieser Blick hieß: sei nicht auffällig! bezähme dich! – ich wußte, daß sie ... wie soll ich es sagen? ... daß sie Diskretion des Benehmens hier im offenen Saal von mir wollte ... ich verstand, daß, wenn ich jetzt heimginge, ich morgen gewiß sein könne, von ihr empfangen zu werden ... daß sie es nur jetzt, nur jetzt vermeiden wollte, meiner auffälligen Vertraulichkeit ausgesetzt zu sein, daß sie – und wie sehr mit Recht – von meinem Ungeschick eine Szene fürchtete ... Sie sehen ... ich wußte alles, ich verstand diesen befehlenden grauen Blick, aber ... aber es war zu stark in mir, ich mußte sie sprechen. Und so schwankte ich hin zu der Gruppe, in der sie plaudernd stand, schob mich – obwohl ich nur einige der Anwesenden kannte – ganz an den lockeren Kreis heran nur aus Begier, sie sprechen zu hören, und doch immer scheu mich duckend wie ein geprügelter Hund vor ihrem Blick, wenn er kalt an mir vorbeistreifte, als sei ich eine der Leinenportieren, an der ich lehnte, oder die Luft, die sie leicht bewegte. Aber ich stand, durstig nach einem Wort, das sie zu mir sprechen sollte, nach einem Zeichen des Einverständnisses, stand und stand starren Blickes inmitten des Geplauders wie ein

Block. Unbedingt mußte es schon auffällig geworden sein, unbedingt, denn keiner richtete ein Wort an mich, und sie mußte leiden unter meiner lächerlichen Gegenwart.

Wie lange ich so gestanden hätte, ich weiß es nicht ... eine Ewigkeit vielleicht ... ich *konnte* ja nicht fort aus dieser Bezauberung des Willens. Gerade die Hartnäckigkeit meiner Wut lähmte mich ... Aber sie ertrug es nicht länger ... plötzlich wandte sie sich mit der prachtvollen Leichtigkeit ihres Wesens gegen die Herren und sagte:»Ich bin ein wenig müde ... ich will heute einmal früher zu Bett gehen ... Gute Nacht!« ... und schon streifte sie mit einem gesellschaftlich fremden Kopfnicken an mir vorbei ... ich sah noch die hochgezogene Falte auf der Stirn und dann nur mehr den Rücken, den weißen, kühlen, nackten Rücken. Eine Sekunde lang dauerte es, bevor ich begriff, daß sie fortging ... daß ich sie nicht mehr sehen, nicht mehr sprechen könnte diesen Abend, diesen letzten Abend der Rettung ... einen Augenblick lang also stand ich noch starr, bis ichs begriff ... dann ... dann ...

Aber warten Sie ... warten Sie ... Sie werden sonst das Sinnlose, das Stupide meiner Tat nicht verstehen ... ich muß Ihnen erst den ganzen Raum schildern ... Es war der große Saal des Regierungsgebäudes, ganz von Lichtern erhellt und fast leer, der ungeheure Saal ... die Paare waren zum Tanz gegangen, die Herren zum Spiel ... nur an den Ecken plauderten einige Gruppen ... der Saal war also leer, jede Bewegung auffällig und im grellen Licht sichtbar ... und diesen großen weiten Saal schritt sie langsam und leicht mit ihren hohen Schultern durch, ab und zu einen Gruß mit ihrer unbeschreiblichen Haltung erwidernd ... mit dieser herrlichen erfrorenen hoheitlichen Ruhe, die mich an ihr so entzückte ... Ich ... ich war zurückgeblieben, ich sagte es Ihnen ja, ich war gleichsam gelähmt, bevor ich es begriff, daß sie fortging ... und da, als ich es begriff, war sie schon am andern Ende des Saales knapp vor der Türe ... Da ... oh, ich schäme mich jetzt noch, es zu denken ... da packte es mich plötzlich an und ich lief, hören Sie: ich lief ... ich ging nicht, ich lief mit polternden Schuhen, die laut widerhallten, quer durch den Saal ihr nach ... Ich hörte meine Schritte, ich sah alle Blicke erstaunt auf mich gerichtet ... ich hätte vergehen können vor Scham ... noch während ich lief, war mir schon der Wahnsinn bewußt ... aber ich konnte ... ich konnte nicht mehr zurück ... Bei der Tür holte ich sie ein ... Sie wandte sich um ... ihre Augen stießen wie ein grauer Stahl in mich hinein, ihre Nasenflügel zitterten vor Zorn ... ich wollte eben zu stammeln anfangen ... da ... da ... lachte sie plötzlich hellauf ... ein helles, unbesorgtes, herzliches Lachen, und sagte laut ... so laut, daß es alle hören konnten ...»Ach, Doktor, jetzt fällt Ihnen erst das Rezept für meinen Buben ein

... ja, die Herren der Wissenschaft ...« Ein paar, die in der Nähe standen, lachten gutmütig mit ... ich begriff, ich taumelte unter der Meisterschaft, mit der sie die Situation gerettet hatte ... griff in die Brieftasche und riß ein leeres Blatt vom Block, das sie lässig nahm, ehe sie ... noch einmal mit einem kalten, dankenden Lächeln ... ging ... Mir war leicht in der ersten Sekunde ... ich sah, daß mein Irrsinn durch ihre Meisterschaft gutgemacht, die Situation gewonnen ... aber ich wußte auch sofort, daß alles für mich verloren sei, daß diese Frau mich um meiner hitzigen Narrheit haßte ... haßte mehr als den Tod ... daß ich nun hundertmal und hundertmal vor ihre Tür kommen könnte und sie mich wegweisen würde wie einen Hund.

Ich taumelte durch den Saal ... ich merkte, daß die Leute auf mich blickten ... ich muß irgendwie sonderbar ausgesehen haben ... Ich ging zum Büfett, trank zwei, drei, vier Gläser Kognak hintereinander ... das rettete mich vor dem Umsinken ... meine Nerven konnten schon nicht mehr, sie waren wie durchgerissen ... Dann schlich ich bei einer Nebentür hinaus, heimlich wie ein Verbrecher ... Um kein Fürstentum der Welt hätte ich jenen Saal nochmals durchschreiten können, wo ihr Lachen noch gell an allen Wänden klebte ... ich ging ... genau weiß ichs nicht mehr zu sagen, wohin ich ging ... in ein paar Kneipen und soff mich an ... soff mich an wie einer, der sich alles Wache wegsaufen will ... aber ... es ward mir nicht dumpf in den Sinnen ... das Lachen stak in mir, schrill und böse ... das Lachen, dieses verfluchte Lachen konnte ich nicht betäuben ... Ich irrte dann noch am Hafen herum ... meinen Revolver hatte ich zu Hause gelassen, sonst hätte ich mich erschossen. Ich dachte an nichts anderes, und mit diesem Gedanken ging ich auch heim ... nur mit diesem Gedanken an das Schubfach links im Kasten, wo mein Revolver lag ... nur mit diesem einen Gedanken.

Daß ich mich dann nicht erschoß ... ich schwöre Ihnen, das war nicht Feigheit ... es wäre für mich eine Erlösung gewesen, den schon gespannten kalten Hahn abzudrücken ... aber wie soll ich es Ihnen erklären ... ich fühlte noch eine Pflicht in mir ... ja, jene Pflicht zu helfen, jene verfluchte Pflicht ... mich machte der Gedanke wahnsinnig, daß sie mich noch brauchen könnte, daß sie mich brauchte ... es war ja schon Donnerstag morgens, als ich heimkam, und Samstag ... ich sagte es Ihnen ja ... Samstag kam das Schiff, und daß *diese* Frau, diese hochmütige, stolze Frau die Schande vor ihrem Gatten, vor der Welt nicht überleben würde, das wußte ich ... Ah, wie mich solche Gedanken gemartert haben an die sinnlos vertane kostbare Zeit, an meine irrwitzige Übereilung, die jede rechtzeitige Hilfe vereitelt hatte ... stundenlang, ja stundenlang, ich schwöre es Ihnen, bin ich im Zimmer niedergegangen, auf und ab, und habe mir das Hirn zermartert, wie ich mich ihr nähere, wie ich alles gutmache, wie ich ihr helfen könnte

... denn daß sie mich nicht mehr vorlassen würde in ihrem Haus, das war mir gewiß ... ich hatte das Lachen noch in allen Nerven und das Zucken des Zornes um ihre Nasenflügel ... stundenlang, wirklich stundenlang bin ich so die drei Meter des schmalen Zimmers auf und ab gerannt ... es war schon Tag, es war schon Vormittag ...

Und plötzlich schmiß es mich hin zu dem Tisch ... ich riß ein Bündel Briefblätter heraus und begann ihr zu schreiben ... alles zu schreiben ... einen hündisch winselnden Brief, in dem ich sie um Vergebung bat, in dem ich mich einen Wahnsinnigen, einen Verbrecher nannte ... in dem ich sie beschwor, sich mir anzuvertrauen ... Ich schwor in der nächsten Stunde zu verschwinden, aus der Stadt, aus der Kolonie, wenn sie wollte: aus der Welt ... nur verzeihen sollte sie mir und mir vertrauen, sich helfen lassen in der letzten, der allerletzten Stunde ... Zwanzig Seiten fieberte ich so hinunter ... es muß ein toller, ein unbeschreiblicher Brief wie aus einem Delirium gewesen sein, denn als ich aufstand vom Tisch, war ich in Schweiß gebadet ... das Zimmer schwankte, ich mußte ein Glas Wasser trinken ... Dann erst versuchte ich den Brief noch einmal zu überlesen, aber mir graute nach den ersten Worten ... zitternd faltete ich ihn zusammen, faßte schon ein Kuvert ... Da plötzlich fuhrs mich durch. Mit einem Male wußte ich das wahre, das entscheidende Wort. Und ich riß noch einmal die Feder zwischen die Finger und schrieb auf das letzte Blatt: »Ich warte hier im Strandhotel auf ein Wort der Verzeihung. Wenn ich bis sieben Uhr keine Antwort habe, erschieße ich mich.«

Dann nahm ich den Brief, schellte einem Boy und hieß ihn das Schreiben sofort überbringen. Endlich war alles gesagt – alles!«

*

Etwas klirrte und kollerte neben uns. Mit einer heftigen Bewegung hatte er die Whiskyflasche umgestoßen, ich hörte, wie seine Hand ihr suchend am Boden nachtastete und sie dann mit einem plötzlichen Schwung faßte: in weitem Bogen warf er die geleerte Flasche über Bord. Einige Minuten schwieg die Stimme, dann fieberte er wieder fort, noch erregter und hastiger als zuvor.

»Ich bin kein gläubiger Christ mehr ... für mich gibt es keinen Himmel und keine Hölle ... und wenn es eine gibt, so fürchte ich sie nicht, denn sie kann nicht ärger sein als jene Stunden, die ich von vormittag bis abends erlebte ... Denken Sie sich ein kleines Zimmer, heiß in der Sonne, immer glühender im Mittagsbrand ... ein kleines Zimmer, nur Tisch und Stuhl und Bett ... Und auf diesem Tisch nichts als eine Uhr und einen Revolver und vor dem Tisch einen Menschen ... einen Menschen, der nichts tut als immer auf diesen Tisch, auf den Sekundenzeiger der Uhr starren ... einen Menschen, der nicht ißt und nicht trinkt und nicht raucht und sich nicht regt ... der immer nur ... hören Sie: immer nur, drei Stunden lang ... auf den weißen Kreis des Zifferblattes starrt und auf den kleinen Zeiger, der tickend den Kreis umläuft ... So ... so ... habe ich diesen Tag verbracht, nur gewartet, gewartet, gewartet ... aber gewartet wie ... wie eben ein Amokläufer etwas tut, sinnlos, tierisch, mit dieser rasenden, geradlinigen Beharrlichkeit.

Nun ... ich werde Ihnen diese Stunden nicht schildern ... das läßt sich nicht schildern ... ich verstehe ja selbst nicht mehr, wie man das erleben kann ohne ... ohne wahnsinnig zu werden ... Also ... um drei Uhr zweiundzwanzig Minuten ... ich weiß es genau, ich starrte ja auf die Uhr ... klopft es plötzlich an die Tür ... Ich springe auf ... springe, wie ein Tiger auf seine Beute springt, mit einem Ruck durch das ganze Zimmer zur Tür, reiße sie auf ... ein ängstlicher kleiner Chinesenjunge steht draußen, einen zusammengefalteten Zettel in der Hand, und während ich gierig darnach greife, huscht er schon weg und ist verschwunden.

Ich reiße den Zettel auf, will ihn lesen ... und kann ihn nicht lesen ... Mir schwankt es rot vor den Augen ... denken Sie die Qual, ich habe endlich, habe endlich das Wort von ihr ... und nun zittert und tanzt es mir vor den Pupillen ... Ich tauche den Kopf ins Wasser ... nun wirds mir klarer ... Nochmals nehme ich den Zettel und lese:

»Zu spät! Aber warten Sie zu Hause. Vielleicht rufe ich Sie noch.«

Keine Unterschrift auf dem zerknüllten Papier, das von irgendeinem alten Prospekt abgefetzt war ... hastige, verworrene Bleistiftzüge einer sonst sicheren Schrift ... ich weiß nicht, warum mich das Blatt so erschütterte ... Irgend etwas von Grauen, von Geheimnis haftete ihm an, es war wie auf einer Flucht geschrieben, stehend an einer Fensternische oder in einem fahrenden Wagen ... Etwas Unbeschreibliches von Angst, von Hast, von Entsetzen schlug kalt von diesem heimlichen Zettel mir in die Seele ... und doch ... und doch, ich war glücklich: sie hatte mir geschrieben, ich mußte noch nicht sterben, ich durfte ihr helfen ... vielleicht ... ich durfte ... oh, ich verlor mich ganz in den wahnwitzigsten Konjekturen und Hoffnungen ... Hundertmal, tausendmal habe ich den kleinen Zettel gelesen, ihn geküßt ... ihn durchforscht nach irgendeinem vergessenen, übersehenen Wort ... immer tiefer, immer verworrener wurde meine Träumerei, ein phantastischer Zustand von Schlaf mit offenen Augen ... eine Art Lähmung, irgend etwas ganz Dumpfes und doch Bewegtes zwischen Schlaf und Wachsein, das vielleicht Viertelstunden dauerte, vielleicht Stunden ...

Plötzlich schreckte ich auf ... Hatte es nicht geklopft? ... Ich hielt den Atem an ... eine Minute, zwei Minuten reglose Stille ... Und dann wieder ganz leise, so wie eine Maus knabbert, ein leises aber heftiges Pochen ... Ich sprang auf, noch ganz taumelig, riß die Tür auf draußen stand der Boy, ihr Boy, derselbe, dem ich den Mund damals mit der Faust zerschlagen ... sein braunes Gesicht war aschfahl, sein verwirrter Blick sagte Unglück ... Sofort spürte ich Grauen ... »Was ... was ist geschehen?« konnte ich noch stammeln. »Come quickly«, sagte er ... sonst nichts ... sofort raste ich die Treppe herunter, er mir nach ... Ein Sado, so ein kleiner Wagen, stand bereit, wir stiegen ein ... »Was ist geschehen?« fragte ich ihn ... Er sah mich zitternd an und schwieg mit verbissenen Lippen ... Ich fragte nochmals – er schwieg und schwieg ... Ich hätte ihm am liebsten wieder ins Gesicht geschlagen mit der Faust, aber ... gerade seine hündische Treue zu ihr rührte mich ... so fragte ich nicht mehr ... Das Wägelchen trabte so hastig durch das Gewirr, daß die Menschen fluchend auseinanderstoben, lief aus dem Europäerviertel am Strand in die niedere Stadt und weiter, weiter ins schreiende Gewirr der Chinesenstadt ... Endlich kamen wir in eine enge Gasse, ganz abseits lag sie ... vor einem niedern Hause hielt er an ... Es war schmutzig und wie in sich zusammengekrochen, vorne ein kleiner Laden mit einem Talglicht ... irgendeine dieser Buden, in die sich die Opiumhäuser oder Bordelle verstecken, ein Diebsnest oder ein Hehlerkeller ... Hastig klopfte der Boy an ... Hinter dem Türspalt zischelte eine Stimme, fragte und fragte ... Ich konnte es nicht mehr ertragen, sprang vom Sitz, stieß die angelehnte Tür auf ... ein altes chinesisches Weib flüchtete mit einem kleinen Schrei zurück ... hinter mir kam der Boy, führte mich durch den Gang ... klinkte eine andere Tür auf ... eine andere Türe in einen dunklen Raum, der übel roch von Branntwein und gestocktem Blut .. Irgend etwas stöhnte darin ... ich tappte hin ...«

*

Wieder stockte die Stimme. Und was dann ausbrach, war mehr ein Schluchzen als ein Sprechen.

»Ich ... Ich tappte hin ... und dort ... dort lag auf einer schmutzigen Matte ... verkrümmt vor Schmerz ... ein stöhnendes Stück Mensch ... dort lag sie ... Ich konnte ihr Gesicht nicht sehen im Dunkel ... Meine Augen waren noch nicht gewöhnt ... so tastete ich nur hin ... ihre Hand ... heiß ... brennend heiß ... Fieber, hohes Fieber ... und ich schauerte ... ich wußte sofort alles ... sie war hierher geflüchtet vor mir ... hatte sich verstümmeln lassen von irgendeiner schmutzigen Chinesin, nur weil sie hier mehr

Schweigsamkeit erhoffte ... hatte sich morden lassen von irgendeiner teuf-
lischen Hexe, lieber als mir zu vertrauen ... nur weil ich Wahnsinniger ...
weil ich ihren Stolz nicht geschont, ihr nicht gleich geholfen hatte ... weil
sie den Tod weniger fürchtete als mich ...

Ich schrie nach Licht. Der Boy sprang: die abscheuliche Chinesin
brachte mit zitternden Händen eine rußende Petroleumlampe ... ich mußte
mich halten, um der gelben Kanaille nicht an die Gurgel zu springen ... sie
stellten die Lampe auf den Tisch ... der Lichtschein fiel gelb und hell über
den gemarterten Leib ... Und plötzlich ... plötzlich war alles weg von mir,
alle Dumpfheit, aller Zorn, all diese unreine Jauche von aufgehäufter Leidenschaft ... ich war nur mehr Arzt, helfender, spürender, wissender
Mensch ... ich hatte mich vergessen ... ich kämpfte mit wachen, klaren Sinnen gegen das Entsetzliche ... Ich fühlte den nackten Leib, den ich in meinen Träumen begehrt, nur mehr als ... wie soll ich es sagen ... als Materie,
als Organismus ... ich spürte nicht mehr sie, sondern nur das Leben, das
sich gegen den Tod wehrte, den Menschen, der sich krümmte in mörderischer Qual ... Ihr Blut, ihr heißes, heiliges Blut überströmte meine Hände,
aber ich spürte es nicht in Lust und nicht in Grauen ... ich war nur Arzt ...
ich sah nur das Leiden ... und sah ...

Und sah sofort, daß alles verloren war, wenn nicht ein Wunder ge-
schehe ... sie war verletzt und halb verblutet unter der verbrecherisch un-
geschickten Hand ... und ich hatte nichts, um das Blut zu stillen in dieser
stinkenden Höhle, nicht einmal reines Wasser ... alles, was ich anrührte,
starrte von Schmutz ...

»Wir müssen sofort ins Spital«, sagte ich. Aber kaum daß ichs gesagt,
bäumte sich krampfig der gemarterte Leib auf. »Nein ... nein ... lieber sterben ... niemand es erfahren ... niemand es erfahren ... nach Hause ... nach
Hause ...«

Ich verstand ... nur mehr um das Geheimnis, um ihre Ehre rang sie ...
nicht um ihr Leben ... Und – ich gehorchte ... Der Boy brachte eine Sänfte
... wir betteten sie hinein ... und so ... wie eine Leiche schon, matt und
fiebernd ... trugen wir sie durch die Nacht ... nach Hause ... die fragende,
erschreckte Dienerschaft abwehrend ... wie Diebe trugen wir sie hinein in
ihr Zimmer und sperrten die Türen ... Und dann ... dann begann der
Kampf, der lange Kampf gegen den Tod ...«

*

Plötzlich krampfte sich eine Hand in meinen Arm, daß ich fast auf-
schrie vor Schreck und Schmerz. Im Dunkeln war mir das Gesicht mit
einemmal fratzenhaft nah, ich sah die weißen Zähne, wie sie sich bleckten

in plötzlichem Ausbruch, sah die Augengläser im fahlen Reflex des Mondlichts wie zwei riesige Katzenaugen glimmen. Und jetzt sprach er nicht mehr – er schrie, geschüttelt von einem heulenden Zorn:

»Wissen Sie denn, Sie fremder Mensch, der Sie hier lässig auf einem Deckstuhl sitzen, ein Spazierenfahrer durch die Welt, wissen Sie, wie das ist, wenn ein Mensch stirbt? Sind Sie schon einmal dabeigewesen, haben Sie es gesehen, wie der Leib sich aufkrümmt, die blauen Nägel ins Leere krallen, wie die Kehle röchelt, jedes Glied sich wehrt, jeder Finger sich stemmt gegen das Entsetzliche, und wie das Auge aufspringt in einem Grauen, für das es keine Worte gibt? Haben Sie das schon einmal erlebt, Sie Müßiggänger, Sie Weltfahrer, Sie, der Sie vom Helfen reden als von einer Pflicht? Ich habe es oft gesehen als Arzt, habe es gesehen als ... als klinischen Fall, als Tatsache ... habe es sozusagen studiert – aber *erlebt* habe ichs nur einmal, miterlebt, mitgestorben bin ich nur damals in jener Nacht ... in jener entsetzlichen Nacht, wo ich saß und mir das Hirn zerpreßte, um etwas zu wissen, etwas zu finden, zu erfinden gegen das Blut, das rann und rann und rann, gegen das Fieber, das sie vor meinen Augen verbrannte ... gegen den Tod, der immer näher kam und den ich nicht wegdrängen konnte vom Bett. Verstehen Sie, was das heißt, Arzt zu sein, alles wissen gegen alle Krankheiten – die Pflicht haben, zu helfen, wie Sie so weise sagen – und doch ohnmächtig bei einer Sterbenden zu sitzen, wissend und doch ohne Macht ... nur dies eine, dies Entsetzliche wissend, daß man nicht helfen kann, ob man sich auch jede Ader in seinem Körper aufreißen möchte ... einen geliebten Körper zu sehen, wie er elend verblutet, gemartert von Schmerzen, einen Puls zu fühlen, der fliegt und zugleich verlischt ... der einem wegfließt unter den Fingern ... Arzt zu sein und nichts zu wissen, nichts, nichts, nichts ... nur dazusitzen und irgendein Gebet stammeln wie ein Hutzelweib in der Kirche, und dann wieder die Fäuste ballen gegen einen erbärmlichen Gott, von dem man weiß, daß es ihn nicht gibt ... Verstehen Sie das? Verstehen Sie das? ... Ich ... ich verstehe nur eines nicht, wie ... wie man es macht, daß man nicht mitstirbt in solchen Sekunden ... daß man dann noch am nächsten Morgen von einem Schlaf aussteht und sich die Zähne putzt und eine Krawatte umbindet ... daß man noch leben kann, wenn man das miterlebte, was ich fühlte, wie dieser Atem, dieser erste Mensch, um den ich rang und kämpfte, den ich halten wollte mit allen Kräften meiner Seele ... wie der wegglitt unter mir ... irgendwohin, immer rascher wegglitt, Minute um Minute und ich nichts wußte in meinem fiebernden Gehirn, um diesen, diesen einen Menschen festzuhalten ...

Und dazu, um teuflisch noch meine Qual zu verdoppeln, dazu noch dies ... Während ich an ihrem Bett saß – ich hatte ihr Morphium eingegeben, um die Schmerzen zu lindern, und sah sie liegen, mit heißen Wangen, heiß und fahl – ja ... während ich so saß, spürte ich vom Rücken her immer zwei Augen auf mich gerichtet mit einem fürchterlichen Ausdruck der Spannung ... Der Boy saß dort auf den Boden gekauert und murmelte leise irgendwelche Gebete ... Wenn mein Blick den seinen traf, so ... nein, ich kann es nicht schildern ... so kam etwas so Flehendes, so ... so Dankbares in seinen hündischen Blick, und gleichzeitig hob er die Hände zu mir, als wollte er mich beschwören, sie zu retten ... verstehen Sie: zu mir, zu mir hob er die Hände wie zu einem Gott ... zu mir ... dem ohnmächtigen Schwächling, der wußte, daß alles verloren ... daß ich hier so unnötig sei wie eine Ameise, die am Boden raschelt ... Ah, dieser Blick, wie er mich quälte, diese fanatische, diese tierische Hoffnung auf meine Kunst ... ich hätte ihn anschreien können und mit dem Fuß treten, so weh tat er mir ... und doch, ich spürte, wie wir beide zusammenhingen durch unsere Liebe zu ihr ... durch das Geheimnis ... Ein lauerndes Tier, ein dumpfes Knäuel saß er zusammengeballt knapp hinter mir ... kaum daß ich etwas verlangte, sprang er auf mit seinen nackten lautlosen Sohlen und reichte es zitternd ... erwartungsvoll her, als sei das die Hilfe ... die Rettung ... Ich weiß, er hätte sich die Adern aufgeschnitten, um ihr zu helfen ... so war diese Frau, solche Macht hatte sie über Menschen ... und ich ... ich hatte nicht Macht, ein Quentchen Blut zu retten ... O diese Nacht, diese entsetzliche Nacht, diese unendliche Nacht zwischen Leben und Tod!

Gegen Morgen ward sie noch einmal wach ... sie schlug die Augen auf ... jetzt waren sie nicht mehr hochmütig und kalt ... ein Fieber glitzerte feucht darin, als sie, gleichsam fremd, das Zimmer abtasteten ... Dann sah sie mich an: sie schien nachzudenken, sich erinnern zu wollen an mein Gesicht ... und plötzlich ... ich sah es ... erinnerte sie sich ... denn irgendein Schreck, eine Abwehr ... etwas ... etwas Feindliches, Entsetztes spannte ihr Gesicht ... sie arbeitete mit den Armen, als wollte sie flüchten ... weg, weg, weg von mir ... ich sah, sie dachte an das ... an die Stunde von damals ... Aber dann kam ein Besinnen ... sie sah mich ruhiger an, atmete schwer ... ich fühlte, sie wollte sprechen, etwas sagen ... Wieder begannen die Hände sich zu spannen ... sie wollte sich aufheben, aber sie war zu schwach ... Ich beruhigte sie, beugte mich nieder ... da sah sie mich an mit einem langen, gequälten Blick ... ihre Lippen regten sich leise ... es war nur ein letzter erlöschender Laut, wie sie sagte ...

»Wird es niemand erfahren? ... Niemand?«

»Niemand«, sagte ich mit aller Kraft der Überzeugung, »ich verspreche es Ihnen.«

Aber ihr Auge war noch unruhig ... Mit fiebriger Lippe ganz undeutlich arbeitete sie's heraus.

»Schwören Sie mir ... niemand erfahren ... schwören.«

Ich hob die Finger wie zum Eid. Sie sah mich an ... mit einem ... einem unbeschreiblichen Blick ... weich war er, warm, dankbar ... ja, wirklich, wirklich dankbar ... Sie wollte noch etwas sprechen, aber es ward ihr zu schwer. Lang lag sie, ganz matt von der Anstrengung, mit geschlossenen Augen. Dann begann das Entsetzliche ... das Entsetzliche ... eine ganze schwere Stunde kämpfte sie noch: erst morgens war es zu Ende ...«

*

Er schwieg lange. Ich merkte es nicht eher, als vom Mitteldeck die Glocke in die Stille schlug, ein, zwei, drei harte Schläge – drei Uhr. Das Mondlicht war matter geworden, aber irgendeine andere gelbe Helle zitterte schon unsicher in der Luft, und Wind flog manchmal leicht wie eine Brise her. Eine halbe, eine Stunde mehr, und dann war es Tag, war dies Grauen ausgelöscht im klaren Licht. Ich sah seine Züge jetzt deutlicher, da die Schatten nicht mehr so dicht und schwarz in unsern Winkel fielen – er hatte die Kappe abgenommen, und unter dem blanken Schädel schien sein verquältes Gesicht noch schreckhafter. Aber schon wandten sich die glitzernden Brillengläser wieder mir zu, er straffte sich zusammen, und seine Stimme hatte einen höhnischen, scharfen Ton.

»Mit ihr wars nun zu Ende – aber nicht mit mir. Ich war allein mit der Leiche – aber allein in einem fremden Haus, allein in einer Stadt, die kein Geheimnis duldete, und ich ... ich hatte das Geheimnis zu hüten ... Ja, denken Sie sich das nur aus, die ganze Situation: eine Frau aus der besten Gesellschaft der Kolonie, vollkommen gesund, die noch abends zuvor auf dem Regierungsball getanzt hat, liegt plötzlich tot in ihrem Bett ... ein fremder Arzt ist bei ihr, den angeblich ihr Diener gerufen ... niemand im Haus hat gesehen, wann und woher er kam ... man hat sie nachts auf einer Sänfte hereingetragen und dann die Türen geschlossen ... und morgens ist sie tot ... dann erst hat man die Diener gerufen, und plötzlich gellt das Haus von Geschrei ... im Nu wissen es die Nachbarn, die ganze Stadt ... und nur einer ist da, der das alles erklären soll ... ich, der fremde Mensch, der Arzt aus einer entlegenen Station ... Eine erfreuliche Situation, nicht wahr? ...

Ich wußte, was mir bevorstand. Glücklicherweise war der Boy bei mir, der brave Bursche, der mir jeden Wink von den Augen las – auch dieses gelbe dumpfe Tier verstand, daß hier noch ein Kampf ausgetragen werden

40

müsse. Ich hatte ihm nur gesagt: »Die Frau will, daß niemand erfährt, was geschehen ist.« Er sah mir in die Augen mit seinem hündisch feuchten und doch entschlossenen Blick: »Yes, Sir«, mehr sagte er nicht. Aber er wusch die Blutspuren vom Boden, richtete alles in beste Ordnung – und gerade seine Entschlossenheit gab mir die meine wieder.

Nie im Leben, das weiß ich, habe ich eine ähnlich zusammengeballte Energie gehabt, nie werde ich sie wieder haben. Wenn man alles verloren hat, dann kämpft man um das Letzte wie ein Verzweifelter – und das Letzte war ihr Vermächtnis, das Geheimnis. Ich empfing voll Ruhe die Leute, erzählte ihnen allen die gleiche erdichtete Geschichte, wie der Boy, den sie um den Arzt gesandt hatte, mich zufällig auf dem Wege traf. Aber während ich scheinbar ruhig redete, wartete ... wartete ich immer auf das Entscheidende ... auf den Totenbeschauer, der erst kommen mußte, ehe wir sie in den Sarg verschließen konnten und das Geheimnis mit ihr ... Es war, vergessen Sie nicht, Donnerstag, und Samstag kam ihr Gatte ...

Um neun Uhr hörte ich endlich, wie man den Amtsarzt anmeldete. Ich hatte ihn rufen lassen – er war mein Vorgesetzter im Rang und gleichzeitig mein Konkurrent, derselbe Arzt, von dem sie seinerzeit so verächtlich gesprochen und der offenbar meinen Wunsch nach Versetzung bereits erfahren hatte. Bei seinem ersten Blick spürte ichs schon: er war mir Feind. Aber gerade das straffte meine Kraft.

Im Vorzimmer fragte er schon: »Wann ist Frau ... – er nannte ihren Namen – gestorben?«

»Um sechs Uhr morgens.«

»Wann sandte sie zu Ihnen?«

»Um elf Uhr abends.«

»Wußten Sie, daß ich ihr Arzt war?«

»Ja, aber es tat Eile not ... und dann ... die Verstorbene hatte ausdrücklich mich verlangt. Sie hatte verboten, einen andern Arzt rufen zu lassen.«

Er starrte mich an: in seinem bleichen, etwas verfetteten Gesicht flog eine Röte hoch, ich spürte, daß er erbittert war. Aber gerade das brauchte ich – alle meine Energien drängten sich zu rascher Entscheidung, denn ich spürte, lange hielten es meine Nerven nicht mehr aus. Er wollte etwas Feindliches erwidern, dann sagte er lässig: »Wenn Sie schon meinen, mich entbehren zu können, so ist es doch meine amtliche Pflicht, den Tod zu konstatieren und ... wie er eingetreten ist.«

Ich antwortete nicht und ließ ihn vorangehen. Dann trat ich zurück, schloß die Tür und legte den Schlüssel auf den Tisch. Überrascht zog er die Augenbrauen hoch:

»Was bedeutet das?«

Ich stellte mich ruhig ihm gegenüber:

»Es handelt sich hier nicht darum, die Todesursache festzustellen, sondern – eine andere zu finden. Diese Frau hat mich gerufen, um sie nach ... nach den Folgen eines verunglückten Eingriffes zu behandeln ... ich konnte sie nicht mehr retten, aber ich habe ihr versprochen, ihre Ehre zu retten, und das werde ich tun. Und ich bitte Sie darum, mir zu helfen!«

Seine Augen waren ganz weit geworden vor Erstaunen. »Sie wollen doch nicht etwa sagen,« stammelte er dann, »daß ich, der Amtsarzt, hier ein Verbrechen decken soll?«

»Ja, das will ich, das muß ich wollen.«

»Für Ihr Verbrechen soll ich ...«

»Ich habe Ihnen gesagt, daß ich diese Frau nicht berührt habe, sonst ... sonst stünde ich nicht vor Ihnen, sonst hätte ich längst mit mir Schluß gemacht. Sie hat ihr Vergehen – wenn Sie es so nennen wollen – gebüßt, die Welt braucht davon nichts zu wissen. Und ich werde es nicht dulden, daß die Ehre dieser Frau jetzt noch unnötig beschmutzt wird.«

Mein entschlossener Ton reizte ihn nur noch mehr auf. »Sie werden nicht dulden ... so ... nun, Sie sind ja mein Vorgesetzter ... oder glauben es wenigstens schon zu sein ... Versuchen Sie nur, mir zu befehlen ... ich habe mirs gleich gedacht, da ist Schmutziges im Spiel, wenn man Sie aus Ihrem Winkel herruft ... eine saubere Praxis, die Sie da anfangen, ein sauberes Probestück ... Aber jetzt werde ich untersuchen, ich, und Sie können sich darauf verlassen, daß ein Protokoll, unter dem mein Name steht, richtig sein wird. Ich werde keine Lüge unterschreiben.«

Ich war ganz ruhig.

»Ja – das müssen Sie diesmal doch. Denn früher werden Sie das Zimmer nicht verlassen.«

Ich griff dabei in die Tasche – meinen Revolver hatte ich nicht bei mir. Aber er zuckte zusammen. Ich trat einen Schritt auf ihn zu und sah ihn an.

»Hören Sie, ich werde Ihnen etwas sagen ... damit es nicht zum Äußersten kommt. Mir liegt an meinem Leben nichts ... nichts an dem eines andern – ich bin nun schon einmal soweit ... mir liegt einzig daran, mein Versprechen einzulösen, daß die Art dieses Todes geheim bleibt ... Hören Sie: ich gebe Ihnen mein Ehrenwort, daß, wenn Sie das Zertifikat unterfertigem, diese Frau sei an ... nun an einer Zufälligkeit gestorben, daß ich dann noch im Laufe dieser Woche die Stadt und Indien verlasse ... daß ich, wenn Sie es verlangen, meinen Revolver nehme und mich niederschieße, sobald der Sarg in der Erde ist und ich sicher sein kann, daß niemand ... Sie verstehen: *niemand* – mehr nachforschen kann. Das wird Ihnen wohl genügen – das muß Ihnen genügen.«

Es muß etwas Drohendes, etwas Gefährliches in meiner Stimme gewesen sein, denn wie ich unwillkürlich nähertrat, wich er zurück mit jenem aufgerissenen Entsetzen, wie ... wie eben Menschen vor dem Amokläufer flüchten, wenn er rasend hinrennt mit geschwungenem Kris ... Und mit einemmal war er anders ... irgendwie geduckt und gelähmt ... seine harte Haltung brach ein. Er murmelte mit einem letzten ganz weichen Widerstand: »Es wäre das erstemal in meinem Leben, daß ich ein falsches Zertifikat unterzeichnete ... immerhin, es wird sich schon eine Form finden lassen ... man weiß ja auch, was vorkommt ... Aber ich durfte doch nicht so ohne weiteres ...«

»Gewiß durften Sie nicht,« half ich ihm, um ihn zu bestärken – (›Nur rasch! nur rasch!‹ tickte es mir in den Schläfen) – »aber jetzt, da Sie wissen, daß Sie nur einen Lebenden kränken und einer Toten ein Entsetzliches täten, werden Sie doch gewiß nicht zögern.«

Er nickte. Wir traten zum Tisch. Nach einigen Minuten war das Attest fertig (das dann auch in der Zeitung veröffentlicht wurde und glaubhaft eine Herzlähmung schilderte). Dann stand er auf, sah mich an:

»Sie reisen noch diese Woche, nicht wahr?«

»Mein Ehrenwort.«

Er sah mich wieder an. Ich merkte, er wollte streng, wollte sachlich erscheinen. »Ich besorge sofort einen Sarg«, sagte er, um seine Verlegenheit zu decken. Aber was war das in mir, das mich so ... so furchtbar ... so gequält machte – plötzlich streckte er mir die Hand hin und schüttelte sie mit einer aufspringenden Herzlichkeit. »Überstehen Sie's gut«,sagte er – ich wußte nicht, was er meinte. War ich krank? War ich ... wahnsinnig? Ich begleitete ihn zur Tür, schloß auf – aber das war meine letzte Kraft, die hinter ihm die Tür schloß. Dann kam dies Ticken wieder in die Schläfen, alles schwankte und kreiste: und gerade vor ihrem Bett fiel ich zusammen ... so ... so wie der Amokläufer am Ende seines Laufs sinnlos niederfällt mit zersprengten Nerven.«

*

Wieder hielt er inne. Irgendwie fröstelte michs: war das erster Schauer des Morgenwinds, der jetzt leise sausend über das Schiff lief? Aber das gequälte Gesicht – nun schon halb erhellt vom Widerschein der Frühe – spannte sich wieder zusammen:

»Wie lang ich so auf der Matte gelegen hatte, weiß ich nicht. Da rührte michs an. Ich fuhr auf. Es war der Boy, der zaghaft mit seiner devoten Geste vor mir stand und mir unruhig in den Blick sah.

»Es will jemand herein ... will sie sehen ...«

»Niemand darf herein.«

»Ja ... aber ...«

Seine Augen waren erschreckt. Er wollte etwas sagen und wagte es doch nicht. Das treue Tier litt irgendwie eine Qual.

»Wer ist es?«

Er sah mich zitternd an wie in Furcht vor einem Schlag. Und dann sagte er – er nannte keinen Namen ... woher ist in solch einem niedern Wesen mit einmal so viel Wissen, wie kommt es, daß in manchen Sekunden ein unbeschreibliches Zartgefühl derlei ganz dumpfe Menschen beseelt? ... dann sagte er ... ganz, ganz ängstlich ... »Er ist es.«

Ich fuhr auf, verstand sofort und war sofort ganz Gier, ganz Ungeduld nach diesem Unbekannten. Denn sehen Sie, wie sonderbar ... inmitten all dieser Qual, in diesem Fieber von Verlangen, von Angst und Hast hatte ich ganz an ›ihn‹ vergessen ... vergessen, daß da noch ein Mann im Spiele war ... der Mann, den diese Frau geliebt, dem sie leidenschaftlich das gegeben, was sie mir verweigert ... Vor zwölf, vor vierundzwanzig Stunden hätte ich diesen Mann noch gehaßt, ihn noch zerfleischen können ... Jetzt ... ich kann, ich kann Ihnen nicht schildern, wie es mich jagte, ihn zu sehen ... ihn ... zu lieben, weil sie ihn geliebt.

Mit einem Ruck war ich bei der Tür. Ein junger, ganz junger blonder Offizier stand dort, sehr linkisch, sehr schmal, sehr blaß. Wie ein Kind sah er aus, so ... so rührend jung ... und unsäglich erschütterte michs gleich, wie er sich mühte, Mann zu sein, Haltung zu zeigen ... seine Erregung zu verbergen ... Ich sah sofort, daß seine Hände zitterten, als er zur Mütze fuhr ... Am liebsten hätte ich ihn umarmt ... weil er ganz so war, wie ich mirs wünschte, daß der Mann sein sollte, der diese Frau besessen ... kein Verführer, kein Hochmütiger ... nein, ein halbes Kind, ein reines, zärtliches Wesen, dem sie sich geschenkt.

Ganz befangen stand der junge Mensch vor mir. Mein gieriger Blick, mein leidenschaftlicher Aufsprung machten ihn noch mehr verwirrt. Das kleine Schnurrbärtchen über der Lippe zuckte verräterisch ... dieser junge Offizier, dies Kind mußte sich bezwingen, um nicht herauszuschluchzen.

»Verzeihen Sie,« sagte er dann endlich, »ich hätte gerne Frau ... gerne noch ... gesehen.«

Unbewußt, ganz ohne es zu wollen, legte ich ihm, dem Fremden, meinen Arm um die Schulter, führte ihn, wie man einen Kranken führt. Er sah mich erstaunt an mit einem unendlich warmen und dankbaren Blick ... irgendein Verstehen unserer Gemeinschaft war schon in dieser Sekunde zwischen uns beiden ... Wir gingen zu der Toten ... Sie lag da, weiß, in den weißen Linnen ... ich spürte, daß meine Nähe ihn noch bedrückte ... so trat ich zurück, um ihn allein zu lassen mit ihr. Er ging langsam näher mit ... mit so zuckenden, ziehenden Schritten ... an seinen Schultern sah ichs, wie es in ihm wühlte und riß ... er ging so wie ... wie einer, der gegen einen ungeheuren Sturm geht ... Und plötzlich brach er vor dem Bett in die Knie ... genau so, wie ich hingebrochen war.

Ich sprang sofort vor, hob ihn empor und führte ihn zu einem Sessel. Er schämte sich nicht mehr, sondern schluchzte seine Qual heraus. Ich vermochte nichts zu sagen – nur mit der Hand strich ich ihm unbewußt über sein blondes, kindlich weiches Haar. Er griff nach meiner Hand ... ganz lind und doch ängstlich ... und mit einemmal fühlte ich seinen Blick an mir hängen ...

»Sagen Sie mir die Wahrheit, Doktor,« stammelte er, »hat sie selbst Hand an sich gelegt?«

»Nein«, sagte ich.

»Und ist ... ich meine ... ist irgend ... irgend jemand schuld an ihrem Tode?«

»Nein«, sagte ich wieder, obwohl mirs aufquoll in der Kehle, ihm entgegenzuschreien: »Ich! Ich! Ich! ... Und du! ... Wir beide! Und ihr Trotz, ihr unseliger Trotz!« Aber ich hielt mich zurück. Ich wiederholte noch einmal: »Nein ... niemand hat schuld daran ... es war ein Verhängnis!«

»Ich kann es nicht glauben,« stöhnte er, »ich kann es nicht glauben. Sie war noch vorgestern auf dem Balle, sie lächelte, sie winkte mir zu. Wie ist das möglich, wie konnte das geschehen?«

Ich erzählte eine lange Lüge. Auch ihm verriet ich ihr Geheimnis nicht. Wie zwei Brüder sprachen wir zusammen alle diese Tage, gleichsam überstrahlt von dem Gefühl, das uns verband ... und das wir einander nicht anvertrauten, aber wir spürten einer vom andern, daß unser ganzes Leben an dieser Frau hing ... Manchmal drängte sichs mir würgend an die Lippen, aber dann biß ich die Zähne zusammen – nie hat er erfahren, daß sie ein Kind von ihm trug ... daß ich das Kind, sein Kind, hätte töten sollen, und daß sie es mit sich selbst in den Abgrund gerissen. Und doch sprachen wir nur von ihr in diesen Tagen, während derer ich mich bei ihm verbarg ... denn – das hatte ich vergessen, Ihnen zu sagen – man suchte nach mir ... Ihr Mann war gekommen, als der Sarg schon geschlossen war ... er wollte den Befund nicht glauben ... die Leute munkelten allerlei ... und er suchte mich ... Aber ich konnte es nicht ertragen, ihn zu sehen, ihn, von dem ich wußte, daß sie unter ihm gelitten ... ich verbarg mich ... vier Tage ging ich nicht aus dem Hause, gingen wir beide nicht aus der Wohnung ... ihr Geliebter hatte mir unter einem falschen Namen einen Schiffsplatz genommen, damit ich flüchten könne, ... wie ein Dieb bin ich nachts auf das Deck geschlichen, daß niemand mich erkennt ... Alles habe ich zurückgelassen, was ich besitze ... mein Haus mit der ganzen Arbeit dieser sieben Jahre, mein Hab und Gut, alles steht offen für jeden, der es haben will ... und die Herren von der Regierung haben mich wohl schon gestrichen, weil ich ohne Urlaub meinen Posten verließ ... Aber ich konnte nicht leben mehr in diesem Haus, in dieser Stadt ... in dieser Welt, wo alles mich an sie erinnert ... wie ein Dieb bin ich geflohen in der Nacht ... nur ihr zu entrinnen ... nur zu vergessen ...

Aber ... wie ich an Bord kam ... nachts ... mitternachts ... mein Freund war mit mir ... da ... da ... zogen sie gerade am Kran etwas herauf ... rechteckig, schwarz ... ihren Sarg ... hören Sie: ihren Sarg ... sie hat mich hierher verfolgt, wie ich sie verfolgte ... und ich mußte dabeistehen, mich fremd stellen, denn er, ihr Mann, war mit ... er begleitet ihn nach England ... vielleicht will er dort eine Autopsie machen lassen ... er hat sie an sich gerissen ... jetzt gehört sie wieder ihm ... nicht uns mehr, uns ... uns beiden ... Aber ich bin noch da ... ich gehe mit bis zur letzten Stunde ... er wird, er darf es nie erfahren ... ich werde ihr Geheimnis zu verteidigen wissen gegen jeden Versuch ... gegen diesen Schurken, vor dem sie in den Tod gegangen ist ... Nichts, nichts wird er erfahren ... ihr Geheimnis gehört mir, nur mir allein ...

Verstehen Sie jetzt ... verstehen Sie jetzt ... warum ich die Menschen nicht sehen kann ... ihr Gelächter nicht hören ... wenn sie flirten und sich paaren ... denn da drunten ... drunten im Lagerraum zwischen Teeballen und Paranüssen steht der Sarg verstaut ... Ich kann nicht hin, der Raum ist versperrt ... aber ich weiß es mit allen meinen Sinnen, weiß es in jeder Sekunde ... auch wenn sie hier Walzer spielen und Tango ... es ist ja dumm, das Meer da schwemmt über Millionen Tote, auf jedem Fußbreit Erde, den man tritt, fault eine Leiche ... aber doch, ich kann es nicht ertragen, ich kann es nicht ertragen, wenn sie Maskenbälle geben und so geil lachen ... diese Tote, ich spüre sie, und ich weiß, was sie von mir will ... ich weiß es, ich habe noch eine Pflicht ... ich bin noch nicht zu Ende ... noch ist ihr Geheimnis nicht gerettet ... sie gibt mich noch nicht frei ...«

*

Vom Mittelschiff kamen schlurfende Schritte, klatschende Laute: Matrosen begannen das Deck zu scheuern. Er fuhr auf wie ertappt: sein zerspanntes Gesicht bekam einen ängstlichen Zug. Er stand auf und murmelte: »Ich gehe schon ... ich gehe schon.«

Es war eine Qual, ihn anzuschauen: seinen verwüsteten Blick, die gedunsenen Augen, rot von Trinken oder Tränen. Er wich meiner Anteilnahme aus: ich spürte aus seinem geduckten Wesen Scham, unendliche Scham, sich verraten zu haben an mich, an diese Nacht. Unwillkürlich sagte ich:

»Darf ich vielleicht nachmittags zu Ihnen in die Kabine kommen ...«

Er sah mich an – ein höhnischer, harter, zynischer Zug zerrte an seinen Lippen, etwas Böses stieß und verkrümmte jedes Wort.

»Aha ... Ihre famose Pflicht, zu helfen ... aha ... Mit der Maxime haben Sie mich ja glücklich zum Schwatzen gebracht. Aber nein, mein Herr, ich danke. Glauben Sie ja nicht, daß mir jetzt leichter sei, seit ich mir die Eingeweide vor Ihnen aufgerissen habe bis zum Kot in meinen Därmen. Mein verpfuschtes Leben kann mir keiner mehr zusammenflicken ... ich habe eben umsonst der verehrlichen holländischen Regierung gedient ... die Pension ist futsch, ich komme als armer Hund nach Europa zurück ... ein Hund, der hinter einem Sarg herwinselt ... man läuft nicht lange ungestraft Amok, am Ende schlägts einen doch nieder, und ich hoffe, ich bin bald am Ende ... Nein, danke, mein Herr, für Ihren gütigen Besuch ... ich habe schon in der Kabine meine Gefährten ... ein paar gute alte Flaschen Whisky, die trösten mich manchmal, und dann meinen Freund von damals, an den ich mich leider nicht rechtzeitig gewandt habe, meinen braven Browning ... der hilft schließlich besser als alles Geschwätz ... Bitte, bemühen Sie sich nicht ... das einzige Menschenrecht, das einem bleibt, ist doch: zu krepieren wie man will ... und dabei ungeschoren zu bleiben von fremder Hilfe.«

Er sah mich noch einmal höhnisch ... ja herausfordernd an, aber ich spürte: es war nur Scham, grenzenlose Scham. Dann duckte er die Schultern, wandte sich um, ohne zu grüßen, und ging merkwürdig schief und schlurfend über das schon helle Verdeck den Kabinen zu. Ich habe ihn nicht mehr gesehen. Vergebens suchte ich ihn nachts und die nächste Nacht an der gewohnten Stelle. Er blieb verschwunden, und ich hätte an einen Traum geglaubt oder an eine phantastische Erscheinung, wäre mir nicht inzwischen unter den Passagieren ein anderer aufgefallen mit einem Trauerflor um den Arm, ein holländischer Großkaufmann, der, wie man mir bestätigte, eben seine Frau an einer Tropenkrankheit verloren hatte. Ich sah ihn ernst und gequält abseits von den andern auf und ab gehen, und der Gedanke, daß ich um seine geheimste Sorge wußte, gab mir eine geheimnisvolle Scheu: ich bog immer zur Seite, wenn er vorüberkam, um nicht mit einem Blick zu verraten, daß ich mehr von seinem Schicksal wußte als er selbst.

Im Hafen von Neapel ereignete sich dann jener merkwürdige Unfall, dessen Deutung ich in der Erzählung des Fremden zu finden glaube. Die meisten Passagiere waren abends von Bord gegangen, ich selbst in die Oper und dann noch in eines der hellen Cafés an der Via Roma. Als wir mit einem Ruderboot zu dem Dampfer zurückkehrten, fiel mir schon auf, daß einige Boote mit Fackeln und Azetylenlampen das Schiff suchend umkreisten, und oben am dunklen Bord war ein geheimnisvolles Gehen und Kommen von Karabinieris und Gendarmerie. Ich fragte einen Matrosen, was geschehen sei. Er wich in einer Weise aus, die sofort zeigte, daß Auftrag zum Schweigen gegeben sei, und auch am nächsten Tage, als das Schiff wieder friedfertig und ohne Spur eines Zwischenfalles nach Genua weiterfuhr, war nichts an Bord zu erfahren. Erst in den italienischen Zeitungen las ich dann, romantisch ausgeschmückt, von jenem angeblichen Unfall im Hafen von Neapel. In jener Nacht sollte, so schrieben sie, in unbelebter Stunde, um die Passagiere nicht durch den Anblick zu beunruhigen, der Sarg einer vornehmen Dame aus den holländischen Kolonien von Bord des Schiffes auf ein Boot gebracht werden, und man ließ ihn eben in Gegenwart des Gatten die Strickleiter herab, als irgend etwas Schweres vom hohen Bord niederstürzte und den Sarg mit den Trägern und dem Gatten, die ihn gemeinsam niederhißten, mit sich in die Tiefe riß. Eine Zeitung behauptete, es sei ein Irrsinniger gewesen, der sich die Treppe hinab auf die Strickleiter gestürzt habe, eine andere beschönigte, die Leiter sei von selbst unter dem übergroßen Gewicht gerissen: jedenfalls schien die Schiffahrtsgesellschaft alles getan zu haben, um den genauen Sachverhalt zu verschleiern. Man rettete nicht ohne Mühe die Träger und den Gatten der Verstorbenen mit Booten aus dem Wasser, der Bleisarg aber ging sofort in die Tiefe und konnte nicht mehr geborgen werden. Daß gleichzeitig in einer andern Notiz kurz erwähnt wurde, es sei die Leiche eines etwa vierzigjährigen Mannes im Hafen angeschwemmt worden, schien für die Öffentlichkeit in keinem Zusammenhang mit dem romantisch reportierten Unfall zu stehen; mir aber war, kaum daß ich die flüchtige Zeile gelesen, als starre plötzlich hinter dem papierenen Blatt das mondweiße Antlitz mit den glitzernden Brillengläsern mir noch einmal gespenstisch entgegen.